NA MOCHILA DA ZHU

VIAGENS, AVENTURAS, ESCOLHAS

© Copyright por Jussara Corrêa

Coordenação Editorial: May Parreira e Ferreira
Projeto Gráfico e Diagramação: Mariana Fazzeri
Ilustrações: Jussara Corrêa

Dados Internacionais de Catalogação na Publicação (CIP)
(eDOC BRASIL, Belo Horizonte / MG)

```
           Corrêa, Jussara.
C824n
           Na Mochila da Zhu: viagens, aventuras, escolhas.
           Jussara Corrêa; [ilustrações da autora]. São José dos Campos, SP:
           Ofício das Palavras, 2021.
              282 p.: il.; 13 x 18 cm
              ISBN 978-65-86892-11-6
              1. Viagens. 2. Ásia - Descrições e viagens. I. Título.
CDD 915
```

55 11 99976 2692 / 12 99715 1888
contato@oficiodaspalavras.com.br

@oficio_das_palavras
@oficiodaspalavras

www.oficiodaspalavras.com.br

Jussara Corrêa

2021

Todos os direitos reservados à autora. Nenhuma parte desta obra pode ser encenada, reproduzida, apropriada, estocada em sistema de banco de dados ou processo similar, em qualquer forma ou meio, seja eletrônico, de fotocópia ou de gravação, sem autorização prévia da detentora do copyright.

Aos meus filhos Gabriel e Tiago,

Felicidade, gratidão e amor!

Fontes de alegria, apoio, fé, determinação, resiliência e continuidade.

Presentes preciosos do caminho mais belo da minha vida!

Para sempre no meu coração!

Fev/2013 - França, Paris - Museu do Louvre e a viagem dos sonhos

Às minhas raízes tão amorosas:

Meus pais, avós e antepassados, que me
orientaram e incentivaram.

Exemplos para minha construção de vida no desenho, nas artes,
no respeito à Natureza, no olhar pra mim mesma, na busca pelos
caminhos que a alma clama, nos sabores da singeleza de cada
momento, nas aventuras para alçar voo, que o espírito inflama!

Orgulho e gratidão por ser um ramo de árvore forte,
criativa e gentil.

Prefácio

Essa é a história de uma menina que brincava entre sacos de café e comia flores. Pintou a sua vida com o mesmo cuidado que estampou tecidos. Amou. Casou. Teve filhos. Se apaixonou pelo mundo. Se apaixonou pela China. Fez das cerejeiras, e das plantações de chá e arroz, a sua casa.

Os relatos das suas grandezas são simples como ela. E, despretensiosamente, vamos viajando ao seu lado. Conheça os donos do restaurante que alimentou sua alma. Sinta o calor das piscinas termais do norte da China, no meio da neve. Medite com os esquilos e o mestre tailandês, Mr. We. Faça compras em um Street Market. Voe para Seul. Phuket. Keqiao. Paris.

Tudo isso com amor. Amor pelas novas pessoas que vai encontrando pelo caminho. Amor pelas velhas pessoas sempre presentes na sua história. O seu pai, com quem aprendeu a ser forte. Sua mãe que a ensinou a responsabilidade pelas escolhas. Seu irmão com quem dividiu seus carrinhos match box, suas revistas Surfer e seu ombro amigo. Sua irmã, 'Mimã', uma bruxinha, feiticeira, guru que deu o impulso decisivo - um caderninho para que escrevesse o que via com os olhos e coração. E nasceu este livro. Registros de experiências de viagem e a sua volta para casa com a constatação de que "nosso canto é um oásis insubstituível".

Assim, minha amiga abriu a caixinha de joias, onde estava guardado um outro dom: o desenho. Bordou as páginas do quase diário com sua arte. E nos deu este presente delicado e intenso.

Monica Varella

Início dos anos 60* - Brasil, Maringá
Meu brinquedo, meus sonhos, meu futuro

"Se não sais de ti,
não chegas a saber quem és."

José Saramago

Out/2019 - Tailândia, Phuket
Cabeça nas nuvens, pés na areia, registrando sensações nas areias de Patong

Introdução

20/09/2017 - Aqui começa minha viagem dos sonhos, efetivamente. Ela já estava em minha mente desde muito tempo atrás...

Tomou forma no início do ano, quando precisei organizar as férias do trabalho, para junho. Tudo certo para sair neste período quando... surpresa.

Um amigo indiano, que conheci em Keqiao, envia uma mensagem me convidando para a cerimônia de casamento: em outubro, na Tailândia. Acredito. Fazemos os planos, sonhamos, mas a Força Divina nos coloca para vivenciarmos no momento certo. A Força planeja há muito tempo "o que" e "quando" devemos viver nossos sonhos! E sou grata, todos os dias, pelos presentes maravilhosos que Ela me dá!

Conhecer outros países, outras culturas, povos, fazer amigos, temperando a vida com ingredientes singulares, que trazemos no coração e na mala para a rotina de casa com sabores do mundo.

Ainda vivendo o momento de isolamento, ao qual a pandemia da Covid-19 nos submete, voo com as memórias que colhi, viajando pelo Brasil e fora dele. E vou anotando outros lugares que vejo, aqui e ali, para futuras investidas e planejamentos de viagens.

Como Fernão Capelo Gaivota, voar mais alto, não ter limites em desenhar sonhos, procurar realizar os ideais que tenho em mente.

Estar em paz e feliz, com os pés na Mãe Terra ou na terra que nos abraça e acolhe, dando boas-vindas! Mergulhar no desconhecido, com a confiança de que olhos e mãos generosas cuidam e protegem!

O Divino fez em mim maravilhas.

OM

Gratidão!

Jun/2021 - Brasil, São Paulo
Altar ecumênico, fé, confiança, proteção, gratidão, luz

A Natureza é a representação de D'us

Viajar foi sempre um ótimo momento para mim, conhecer novos lugares, novas pessoas, culturas, cores, sabores, perfumes, sensações.

Desde a infância ficava ansiosa pela próxima aventura, que a nova viagem traria para mim!

Nasci em Santos, cidade no litoral de São Paulo, Brasil. Nem tive muito tempo pra sentir o cheiro da maresia e já fui pra estrada!

Meu pai tinha plantação de café em Maringá, Paraná, e até os 6 anos de idade foi lá que colhi minhas primeiras impressões do mundo e da vida!

Memórias deliciosas de uma infância em meio a sacas de café, terreiros de secagem de grãos, plantações, pomares de sombras frescas, onde descascávamos mexericas sentados em troncos fortes e amáveis. Sempre me senti abraçada pela Natureza, muito presente em meu dia a dia, desde o jardim de infância, com as gincanas de corrida de saco nas quadras cercadas de árvores, nas brincadeiras no jardim de nossa bela casa, com quintal de eucaliptos e flores azedinhas, que costumava comer. Mais tarde, em um curso de pós-graduação em Yoga, um professor disse uma frase que representou minha realidade de todos os anos passados e futuros:

"A Natureza é a representação de D'us"!

E a vida caminhou e me levou a muitos lugares, onde estive em comunhão com a Natureza em suas diferentes formas! Fui até o outro lado do mundo, e me senti em casa nos jardins de cerejeiras e plantações de arroz. De chá...

Muita emoção, imagens lindas na memória, saudades de entes queridos que me ensinaram a respeitar a natureza, aos animais, a ter fé.

Na ocasião de minha primeira viagem à Tailândia, meu lugar de sonho, ganhei de minha irmã (ou mimã, como carinhosamente nos chamamos) um fichário para escrever os momentos. Foi o primeiro incentivo.

Um dia falei sobre as viagens com uma amiga de infância, a vontade de escrever um livro, em que pudesse compartilhar com todos, ou ao menos com alguns, os momentos que vivenciei pelo mundo, experiências mágicas. Ela já tinha publicado três livros, e me deu a maior força para colocar a mão na massa, me ajudaria no que fosse preciso!

Hoje, finalmente inicio o meu relato. Feliz, emocionada, grata a D'us e ao universo pelo presente da vida.

Pelas emoções. Valeu, Gui e Mô! Vamos em frente.

Keqiao, 21/julho/2018.
(Ano chinês do cachorro, o meu ano)

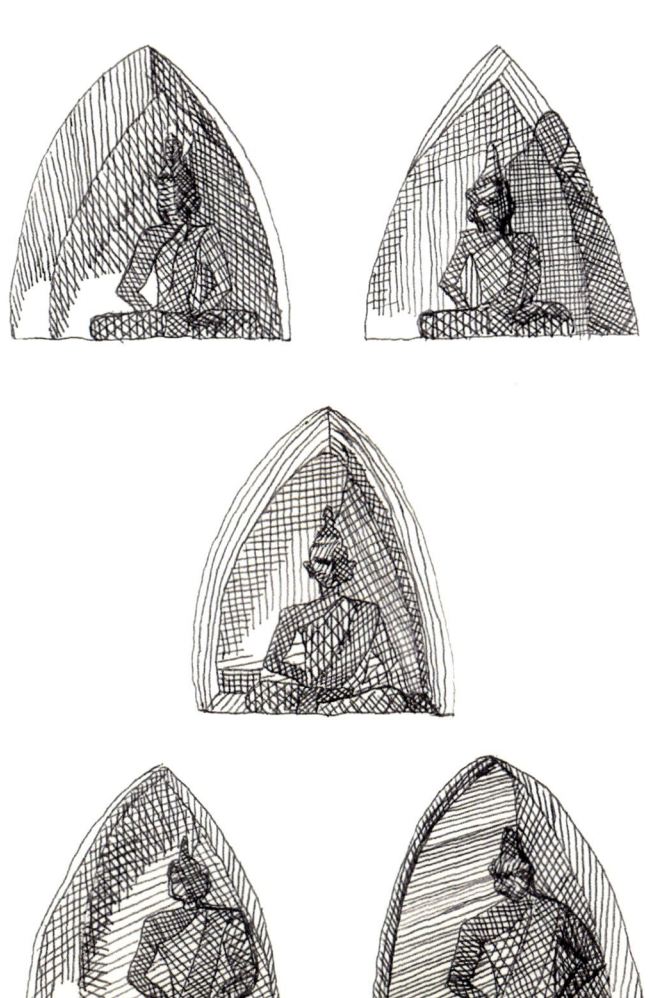

Out/2013 - China, Shanghai
Restaurante tailandês e a parede com estátuas de Budas

A realização de um projeto

- Vá em frente, minha filha! Você é jovem, merece refazer sua vida e ser feliz. Vá atrás de seus sonhos, busque realizá-los. Eu não pude fazer isso, mas você pode! Não se preocupe, eu cuido dos meninos! Abrace as oportunidades!

Estávamos sentadas na grama, da casa de meus irmãos, Maze e Meme, em Campos do Jordão. Era o período de Natal, de 2012, e geralmente, reuníamos a família para as comemorações na casa, desde que a construíram.

O céu era de um azul cobalto sereno, salpicado por nuvens densas e branquinhas, harmonizadas com o verde dos pinheiros de franjas e as araucárias centenárias no vale, à nossa frente.

Do topo da montanha, onde estava a casa, vislumbrávamos as camadas de montanhas, uma atrás da outra, da Serra da Mantiqueira. Uma cartela de tons verdes profundos, em dégradée suave e perfeito.

De um outro ponto do condomínio, onde a casa fora construída, víamos a Pedra do Baú, cartão postal da cidade, com o formato que lhe deu o nome. Conversávamos sobre um projeto de trabalho que eu desejava apresentar ao diretor e presidente da empresa em que trabalhava.

Estava separada há 6 anos, morando com ela desde então, junto com meus 2 filhos adolescentes. Foi a alternativa quando decidi me separar, terminar um relacionamento de 28 anos, e ela nos acolheu com o maior amor do mundo.

Sempre vi minha mãe como uma mulher forte, batalhadora, guerreira, companheira inseparável e incentivadora de meu pai, mesmo nos 10 anos em que cuidou dele com Alzheimer.

Um modelo para mim, que imaginava ter um amor pra toda vida, como ela e minhas avós, outras sábias e maravilhosas guerreiras, tiveram.

Mas não durou tanto assim, e tive que sair de minha casa pois não podia pagar minhas contas, escola de meus filhos e outras necessidades básicas.

Mudamos para o apartamento, onde mamãe morava sozinha, aluguei o meu e com o dinheiro pagava o colégio dos meninos; depois as faculdades, cursos e tudo que poderia para dar a eles ferramentas para um futuro, em condições de competitividade com outros profissionais do mercado.

Certa vez, ao me queixar à minha mãe sobre meu casamento que já não ia bem, esperava uma palavra de apoio, um colo pra me confortar. Ao invés disso, ouvi dela em voz firme:

- Minha filha, não reclame da vida que você tem. Você escolheu isso.

Foi como um balde de água fria, fiquei inconformada, vindo de uma pessoa que eu amava tanto! Decidi não falar mais nada, não me abrir mais, sobre minhas angústias e decepções. Não, nunca mais!

Mais tarde, compreendi que minha mãe me deu o maior ensinamento da vida: ser responsável pelas minhas escolhas.

E eu escolhi ir à luta, não desistir de meus sonhos, meus projetos de vida pessoal e profissional. Ser a pessoa responsável pela minha felicidade. Realizar sonhos!

E mais uma vez, entre tantas outras, lia e relia Louise Hay, no *Você Pode Curar Sua Vida*, mergulhando em suas palavras e lições de vida!

Dez/2019 - Campos do Jordão, SP, Brasil
Virada do ano, família reunida, lembranças
de infância, conselhos de vida

Caminhos cruzados

Ali, sentadas no gramado, sentia minha mãe mais amiga e próxima, muitos anos depois daquele banho gelado, que me abriu os olhos para a vida.

Agora, suas palavras de apoio ao meu projeto deram a alavancada para outra mudança.

O desenho foi a forma que encontrei para me expressar desde pequena. Na verdade, acredito que ele me escolheu para ser a transmissora de ideias muitas vezes surreais! Admirava M.C.Escher, a quem a saudosa amiga Chri me apresentou, em meio a seus livros de inspiração.

Dalí, Duchamp, Magritte me fascinavam com suas inspiradas obras. Inusitadas. E Warhol, Gaudí, Matisse.

A formação, em Desenho Industrial, foi a chave para abrir a porta do primeiro emprego em uma estamparia, área que eu buscava, após um tempo trabalhando em escritórios de engenharia. Meu desejo de cursar arquitetura foi adiado quando não consegui os pontos necessários no vestibular. Mas tinha ainda uma chance: como o primeiro ano era básico para as 2 faculdades, após completá-lo, eu poderia ir do D.I. para Arquitetura.

Ao final do primeiro ano, porém estava apaixonada pelo D.I., as aulas de fotografia, marcenaria, escultura e, especialmente, serigrafia me conquistaram e permaneci no curso até me formar! E nunca mais procurei os projetos em PB, o papel vegetal e as canetas nanquim, mas levei e adotei a letra técnica como minha letra corrida.

Sempre fui atraída pelas cores. Das tintas guache nas aulas do meu primeiro colégio em Maringá, de que ainda hoje lembro do cheiro, enquanto pintava borrões nos papéis que estivessem ao meu alcance. Das flores dos canteiros e jardins das cidades por onde passava, das luzes em neon dos letreiros, dos tons aquarelados no céu do pôr do sol do verão.

E na estamparia conseguia brincar com mil cores, de mil formas, que resultavam em um desdobramento de outros mil tons. Meu mestre foi um senhor italiano, de olhos azuis meigos em uma face sorridente e sempre amiga. Grande pessoa em sua humildade admirável.

Fui admitida para ser sua assistente, quem ocupava o cargo iria sair de licença maternidade. Anos depois essa pessoa foi minha diretora e orientadora, grande amiga, na empresa em que apresentaria o meu projeto.

Durante três anos circulei por tecidos, tambores de tinta, mesas de estamparia, carrinhos com milhares de metros de estampas empilhadas, em frenéticas produções!

Manuseava os arquivos de cores com a curiosidade de uma criança descobrindo o mundo.

Combinava os pedacinhos de cor das cartelas como se estivesse ordenando tons para recolorir a Capela Sistina, tão grande era meu amor e admiração pela obra de meu mestre.

Molhava os sapatos com gratidão nas poças de tinta, que muitas vezes se formavam na cozinha da química. Era o mundo dos meus sonhos!

Desenhos e cores me rodeavam, cirandavam-me, numa dança envolvente. Nem mesmo o odor das tintas me afastava ou tirava o brilho do lugar. Me sentia abraçada pelos rolos de tecidos, estampados com minhas cores preferidas.

O barulho das calandras e ramas, o estalo dos morcetes como garras se ajustando às telas nas longas mesas, o estalar do batalhão dos enormes quadros que se alinhavam um atrás do outro, em obediência militar, no galpão da fábrica, era uma sinfonia deliciosa aos ouvidos.

Meu mestre tinha planos para mim: trabalhar no laboratório, que seria construído ali. Foi difícil para ele, assim como foi para mim, aceitar o meu pedido de demissão numa época de crescimento profissional, de um trabalho tão encantador e com grandes e novos horizontes a explorar.

Pela primeira vez senti o peso da responsabilidade de ter que tomar uma decisão difícil por mim mesma. Eu estava com 24 anos e meus pais deixaram em minhas mãos essa nova lição: fazer uma escolha traz perdas e ganhos.

Quando abracei meu mestre pela última vez, ele ainda me revelou que esperaria pela minha volta. Não voltei... meu caminho, depois de muitos anos, levou-me bem perto dele. Ou melhor dizendo, trouxe-o para bem perto de mim!

Mágico! Verdadeiro presente do universo.

Out/2019 - China, Shaoxing. Visitando estamparia em Binhai

La vie en rose

Desde nosso primeiro contato tivemos muita sintonia, senti-me abraçada e confortada como que por um parente próximo, muito próximo.

Como uma flor, uma rosa, ela recebeu-me com um sorriso delicado. Sorriso de mãe: estava grávida de seu primeiro filho e já nos últimos meses de gestação.

Com muita paciência e carinho foi me ensinando a rotina, que eu desenvolveria durante os meses de sua licença, atendendo às solicitações do nosso mestre e dando andamento no trabalho. Depois de sua volta ainda continuamos juntas por quase dois anos, quando me desliguei da empresa. Como não havia ainda encontrado outra colocação, continuamos em contato durante alguns meses, quando me encaminhou alguns trabalhos *freelancer*.

Desenhava, fazia combinações de cores e por minha conta ia fazendo novos contatos e conseguindo clientes, geralmente confecções de roupas.

Fui contratada por uma delas, onde fiquei por pouco tempo, devido ao corte de despesas numa época de crise. Estava recém-casada, com marido desempregado, e tinha a responsabilidade das despesas da casa, incluindo o apartamento onde morávamos.

Graças aos meus outros antigos clientes, que se tornaram amigos inesquecíveis, pude continuar honrando meus compromissos, pagando contas, até que me chamaram novamente e retornei para mais um curto período. Desta vez por opção minha.

Fui aprovada numa entrevista em uma grande tecelagem e parti para outro caminho, outros desafios, novos colegas. Mais um ano, com mais estabilidade, decidi que estava no momento para a maternidade. E me despedi de mais uma empresa que acrescentou muito em meu aprendizado, pessoal e profissional.

Continuei os trabalhos como *free,* engravidei e meu primeiro filho chegou, Gabriel. O segundo, Tiago, viria 1 ano e 4 meses depois. Me emociono ao lembrar desses dois momentos da vida, não encontro palavras pra definir, são meu presente maior, meu maior bem.

União e felicidade.

Em poucas palavras, amor infinito.

Razão de não desistir, nunca.

Gratidão eterna.

2010, 2011, 2012... - Lembranças de viagens
Paris, Londres, Chiang Mai, Berlim

Mochileira, hippie, cigana...

Sempre tive paixão por estar ao ar livre, desde criança!

Brincar no gramado, no jardim, comer flores, quando nem era coisa de chef de restaurante estrelado.

Uma vez, com irmãos e primos, em Campos do Jordão, à noite colocamos alguns colchões ao ar livre, no gramado, a uma temperatura de 6° ou menos. E, embaixo de cobertores, curtimos o céu repleto de estrelas de uma linda noite de inverno.

E foi lá, também, que meu pai nos orientou na plantação das mudas de pinheiros, na estrada que levava à nossa casa. Cresceram fortes e lindos; estão até hoje, testemunhas de um período divertido e cheio de emoções.

Em Santos, amava voltar a pé do colégio pelo jardim, que margeava toda a praia, sentando às vezes e aproveitando o visual do entra e sai dos barcos e navios, a névoa nas ondas do mar, no fim de tarde.

No Paraná, em São Paulo, no Mato Grosso... depois, a trabalho, continuei descobrindo paisagens apaixonantes, na Bahia, Rio de Janeiro, Rio Grande do Norte, Pernambuco, Ceará, Rio Grande do Sul, Santa Catarina, Goiás, Minas Gerais...

Para o exterior minha primeira viagem foi para o triângulo, na divisa Brasil, Argentina e Paraguai! E como as chuvas na época estavam escassas, as volumosas águas das Cataratas do Iguaçu, mais pareciam bicas.

Considero, mesmo, a primeira saída para outro país, a viagem a Paris, com minha mãe e minha irmã! Inesquecível.

O *Jardim das Tulherias* e o de *Luxemburgo*, o *Trocadero* e a vista da *Torre Eiffel*, os artistas em *Montmartre*, a charmosa *St. Germain des Près*, as varandas decoradas com floreiras, em uma mistura de cores que pincelavam a cidade com tons de Monet.

Ah, Paris... nunca imaginei que seria o destino de uma primeira viagem internacional.

Sempre imaginei ir à Itália, Roma, para ver os afrescos da *Capela Sistina*, no Vaticano. Pinturas que esmiuçavam os mínimos detalhes no livro sobre Michelangelo, que meus avós me deram quando tinha nove ou dez anos de idade.

E Paris me conquistou.

Voltava todo ano, em alguns anos, fui duas vezes, para as feiras de tecidos.

E pesquisando tendências conheci um pouco do mundo... Barcelona, Londres, Berlim, Bruxelas, Beijing, Shanghai.

Shanghai! Amor à primeira visita.

Depois de dois anos aterrissando na cidade, iniciei minhas idas três vezes por ano à China, permanecendo em uma cidade a três horas de Shanghai, Keqiao, na província de Zhejiang.

O meu projeto de trabalho tornava-se realidade.

Mar/2011 - Espanha, Barcelona
Talismã inseparável

I love design

17/11/2018 - Exposição *A Vida Após a Morte/Egito*, no Museu Histórico de Ningbo, China.

O projeto arquitetônico do museu é maravilhoso. Não por acaso, ganhou o prêmio *Prêmio Pritzker de Arquitetura*, em 2012.

O arquiteto Wang Shu, do *Amateur Architecture Studio*, utilizou um mix de materiais incríveis na concepção, tijolos e telhas reciclados de casas demolidas nas antigas vilas rurais da cidade; bambu, predominante na vegetação de todo o leste da China; pedras; concreto e aço.

O espelho d'água tem alma.

A fachada com cores e texturas que lembram construções da Idade Média. No interior, as salas abrigam várias exposições, algumas apresentações, workshops e um café com a vista instigante da parte externa, a murada multicor. Ao redor, o verde de um parque e árvores que observam, silenciosas, a obra de um mestre renomado.

A China me proporcionou inúmeras surpresas no campo das artes, dentro e fora das galerias. O Museu de Shanghai, que visitei inúmeras vezes (e não canso...), o *West Bund* com os charmosos e criativos conjuntos de ateliers, o *Yuz Museum* e sua árvore da vida numa caixa de vidro, pousada em meio a uma área envidraçada, pé direito alto, com vista para o *The Bund* na outra margem.

A charmosa Xintiandi, sempre oferecendo exposições ao ar livre, nos *boulevards*, nos sofisticados shoppings e edifícios ao redor.

Para não falar apenas de Shanghai, Guangzhou e a *Opera House*, projeto de Zaha Hadid, onde assisti ao Lago dos Cisnes, ballet da minha infância, sim, o primeiro espetáculo, a que assisti junto aos meus avós. Aquela música nunca mais saiu da minha mente e coração. E em Hangzhou, pude desfrutar da mesma obra interpretada por uma companhia de ballet da Rússia.

Shows de harmônica com um grupo do Canadá, de piano e sax com artistas franceses, grandes oportunidades.

Momentos inesquecíveis, de lembranças resgatadas, sensibilidade à flor da pele, emoções.

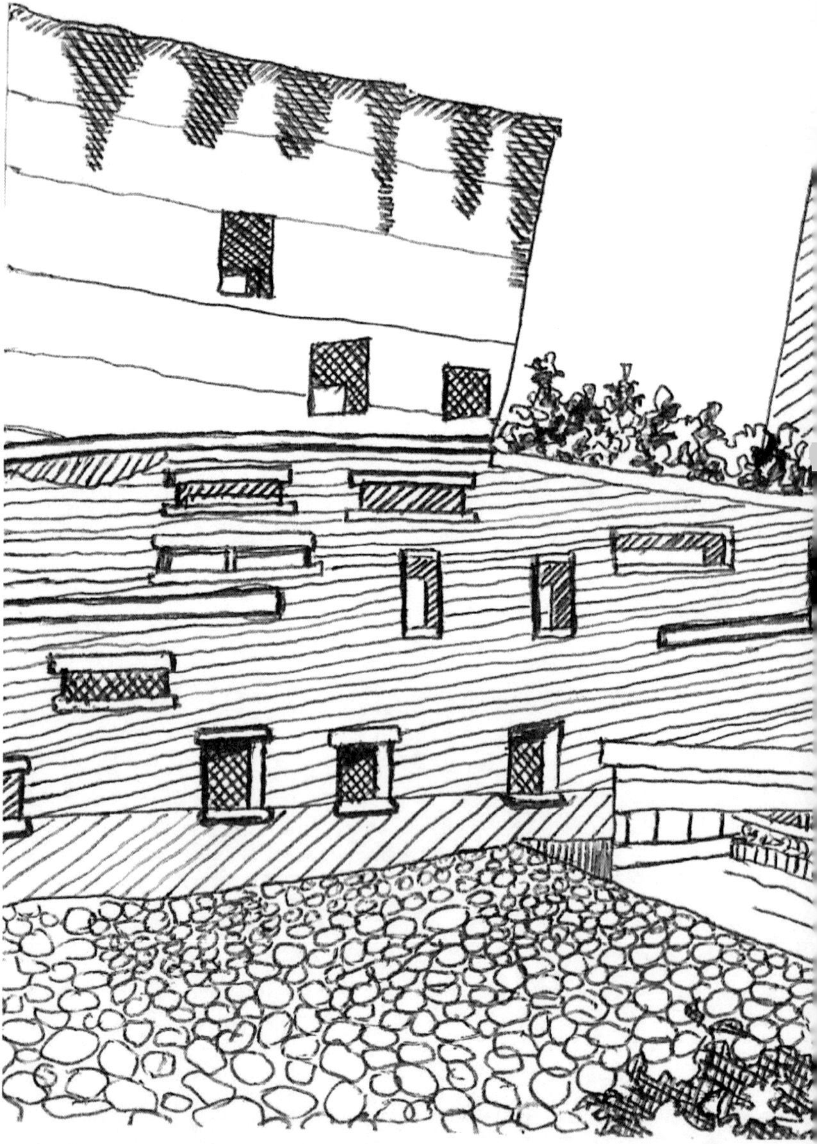

Nov/2018 - China, Ningbo
Museu Histórico de Ningbo: projeto vencedor do Prêmio Pritzker de Arquitetura de 2012.

Keqiao e meu lago

16/03/2019 - De volta à minha base aqui na China!

Primeira viagem do ano, retornando à feira de tecidos em Shanghai e depois por aqui, visitando fornecedores e trabalhando no escritório.

Reencontro amigos nesta cidade, que se tornou minha casa em cinco meses por ano, durante sete anos.

- "Nihao, Zhussala", são as boas vindas que escuto em cada lugar a que retorno. Meu abraço, olhado com espanto, e evitado no início, logo foi adotado. Em especial pela 'mãe', a querida auxiliar do nosso escritório, que vem ao meu encontro com um sorriso e me envolve num forte e carinhoso reencontro.

Keqiao é recortada de canais arborizados, geralmente por chorões e arbustos de peônias brancas e em tons de rosa, pontilhando o fundo verde.

Sinto que Guazhu Hu (*hu*=lago) sempre me espera, ansioso, quando ponho os pés na cidade. E eu idem, para caminhar à sua volta.

Não por acaso, amei quando vim para este hotel há dois anos e, da janela do meu aconchegante quarto, consegui ver ao longe, as águas do meu favorito lugar. Mágico, amigo, confidente silencioso de momentos em uma terra distante por uma *laowai* apaixonada.

Laowai significa estrangeiro e Shanghai possui um calçadão muito movimentado, que se chama *Laowai Jie* (Rua dos Estrangeiros), com restaurantes de diversos países. É lá que muitos se reúnem para jantar, com bares e música ao vivo que se estende pela noite adentro.

Ontem, na chegada a Keqiao, ao deixar colegas de trabalho no antigo hotel (onde me hospedava no início), recebi o sorriso aberto do querido Jerry, gerente e amigo de longas conversas no lobby. Um dia, ele perguntou se eu gostava de andar de bicicleta. Logo eu, que AMO pedalar.

No dia seguinte, nos encontramos no lago, sempre meu ponto de referência, e saímos juntos pedalando pela região antiga da cidade, Xin Wei Zhuang. Ele ia me contando sobre algumas peculiaridades das construções, pinturas, estilo de vida de outras épocas. Uma região muito tranquila e que parece ter parado no tempo. Me detive na frente de uma casa em que, na varanda, o avô e suas duas netas brincavam. Quando nos viram, nos chamaram e as crianças nos rodearam numa alegre enquete para saber de onde eu era. Nesses lugares os ocidentais ainda causam curiosidade.

Rodamos por horas pela vila e na volta, Jerry me apresentou um restaurante tradicional, onde fazem o melhor *noodles* de Keqiao! Uma portinha, nunca poderia imaginar, que guardasse esse tesouro gastronômico. Coisas que só os amigos nativos do lugar podem nos ensinar.

Nos despedimos no lago e saí caminhando pela ponte, onde as pequenas esculturas dos leões brincam com minha imaginação. Pela trilha, no meio das *ginko bilobas*, cruzando o canal, agradecendo a D'us e ao universo pelo delicioso presente do dia!

2011, 2012...2019 - China, Shaoxing
Keqiao e Guazhu Hu, o lago Guazhu

Cerimônias do chá

E hoje fui ao lago de novo.

Sempre capaz de reunir amigos, como hoje, encontrando o taiwanês Mark, numa mistura de cerimônia do chá com *jam session* de saxofones. Nós e mais duas alunas/amigas suas, nos deliciamos com várias rodadas de *oolong tea* da melhor qualidade e preparado pelo melhor 'barista' que conheci. Ao ar livre, em meio às árvores, pássaros e sob a brisa acolhedora, ensinou-nos sobre a temperatura certa da água e outros itens importantes para o preparo correto da bebida. Em seu estúdio, onde trabalha e recebe amigos para desfrutar de conversas regadas a diferentes tipos de chá, possui inúmeros apetrechos que são verdadeiras obras de arte.

Ele fica como eu, mas na ponte aérea China/Taiwan, dividido entre o trabalho em Keqiao e a família, que mora na ilha.

É um grande apreciador de antiguidades e me deliciei com peças em seu escritório: chaleira de ferro com suporte trabalhado para colocar o carvão; bules minúsculos com graciosos formatos e detalhes; apoio de chaleira em jade com desenho de dragão; estátua de Quanyin e ainda uma bela lasca de ametista do Brasil pousada junto à vidraça, compartilhando o calorzinho daquela tarde de início da primavera.

Como não sentir gratidão por esse momento? Como não ser grata a D'us por ter tanto? Filhos, família, amigos, saúde, presentes de vida.

Gratidão por tudo, por receber tanto, por me ensinar sempre, em cada detalhe; pelos momentos que vivo. Que eu seja um instrumento de Sua paz, retribuindo e continuando no aprendizado de dividir, compartilhar.

Out/2019 - China, Keqiao
Cerimônia do chá: degustação de chás taiwaneses

Presentes, sempre!

24/03/2019 – Gratidão! Pela paz dentro de mim, saúde de meus filhos, mãe, família, amigos, pessoas que cruzaram meu caminho deixando ensinamentos. Pelo pai, avós, antepassados que se foram e deixaram heranças valiosas em mim.

Hoje em Guazhu Hu, novamente a emoção me tomou. Os *flashes*, da minha vida, pipocavam e se abriam em infinidade de flores de ameixeiras e cerejeiras, como as que salpicavam as margens do meu lago! Um contentamento imenso pela vida, por aprender a transformar situações ruins em bem-estar e alegria de viver.

Sou grata, grata por tudo. Realizei e realizo sonhos.

Grata em especial pelos meus filhos! Compreensivos e parceiros. Ora anjos, mensageiros, fortes e determinados, misteriosos, suaves; ora guerreiros, sorrisos imensos quando brincam e enfrentam a vida, resilientes, amorosos.

Lutam, descobrem sua força interior, seu valor, seu propósito. Luzes na minha vida, alegria, fé, coragem, suporte e razão para meus desafios, também.

Amor que não se mede!

Olhando a paisagem no meu lago, eles são a imagem que mais me emociona, saudade em meu coração. Minha vida, vitórias, lutas, aprendizado.

Comemoro minha decisão de ir, no próximo fim de semana, para a Coreia do Sul, Seoul. Decidi depois que D'us, o universo e meu anjo da guarda arrumaram o cenário propício. Sim, só com o aval Deles sigo em minhas realizações.

O momento chegou. Sou grata!

Explodiu numa sequência de fatos que se encaixaram e formataram mais uma experiência única em minha vida.

Mar/2019 - China, Keqiao
Guazhu Hu na primavera: florada das ameixeiras

Gratidão!

01/04/2019

Sinto muito.

Me perdoe.

Te amo.

Agradeço.

So Ham mil vezes ou mais

D'us, agradeço a todo momento por minha vida, saúde, proteção e realizações. E de meus filhos, minha família, meus amigos e pessoas que passam na minha vida e deixam algo.

Muito feliz pela última viagem, ou melhor, a mais recente, a Seoul.

Tudo perfeito.

No momento permitido.

Sou grata, do fundo do coração!

Entrego. Confio. Aceito. Agradeço.

ENTREGO
CONFIO
ACEITO
AGRADEÇO

Out/2019 - Tailândia, Phuket
Meditação e compromisso de vida, em Paradise Beach

Para sempre... Patong

30/09/19 – Sentada num pequeno restaurante, a uma quadra da praia de Patong, curto a chuva.

Depois de almoçar um delicioso e autêntico prato tailandês, o *pad thai*, agradeço pelas férias que venho desfrutar pela terceira vez, neste país, que está em meu coração.

A viagem de cinco horas de Hangzhou/ China, a Phuket/ Tailândia; as quatro horas no aeroporto, aguardando o serviço das minivans, o trânsito de duas horas e meia até chegar ao hotel, nada disso tirou minha alegria por estar de volta. Amo esse lugar, as pessoas, a natureza. O mar me recebeu com aquele *dégradée* do azul piscina ao azul *navy*, que me tirou o fôlego na primeira vez, quando visitei Khai Nai, uma pequena ilha, onde nadei com um cardume de peixinhos listrados amarelo e lilás. Gratidão.

No hotel, nada de esperar a hora de liberar o meu quarto, lá embaixo mesmo, troquei a roupa de viagem por um biquíni e peguei a mochila com o equipamento necessário para um merecido mergulho. Tudo planejado.

Andando pelo caminho que leva à praia, reencontrei o alegre casal do táxi *pink* me dando boas-vindas (por coincidência, ou não, já os havia encontrado na avenida onde desci, inconformada com o motorista da van que me abandonou, a vários metros de distância do hotel, rebocando minhas malas).

E revi, primeiro Joe, depois Kow e Kaew, meus amigos de praia e conversa. Dei um mergulho no mar lindo e tão familiar pra mim.

Felicidade por ver a praia tão limpa, sem os peixes canudos, peixes isqueiros, peixes garfos, peixes colher. Que bom, algo está mudando e o cuidado com a natureza está finalmente acontecendo. *Os parasailings* coloridos continuam cortando o céu de Patong, dividindo a atenção com os *jet skis* e *long tails*, que por vezes cruzam a praia.

Olhando as poças chapiscando com as gotas da chuva que ainda cai, sinto paz no coração, fé em meu caminho, que sei ser orientado por um D'us de amor e compaixão, de perdão e acolhimento, universo de possibilidades!

Conversando com Joe, falávamos sobre o que é realmente importante na vida, sobre alma e as escolhas nem sempre fáceis que temos que fazer. Joe largou tudo há sete anos, na Itália, onde tinha um cargo de importância como designer de interiores. Abandonou a vida na Europa e veio para Phuket; mora nas areias de Patong até hoje. Tenho uma mistura de admiração e curiosidade pela sua história e me vejo, às vezes, nele. Como não ficar fascinada com seu desapego, cultura, simplicidade, bom humor, gentileza. Ele virou um símbolo dessa praia para mim, ao lado de Kaew.

Patong não é a mesma sem ele. Ou sem Kaew e Kow.

Desta vez meu amigo salva-vidas ganhou um ponto de observação (ou PO, como diz minha mãe) novinho. Todo branco, com estrutura de metal, substituindo o antigo em madeira, que ainda permanece ao lado, testemunha das histórias de tempos idos e não menos charmosos e emocionantes, cheios de aventuras.

Kaew recebe todos com um sorriso amigável, dentes muito brancos que iluminam a face morena queimada do sol de sete dias na semana de trabalho entre areia e mar.

Soube por meio de outro amigo, o australiano Tommy, que ele passou inúmeros perigos salvando vidas e deixando a própria em segundo plano, ou terceiro, quarto.

Coloca seu coração, e sua aptidão no nado, a serviço dos outros, pelos outros.

A chuva vai diminuindo, o sol tímido tenta furar a barreira de nuvens cinzentas, que ainda cobrem o céu de Patong.

As folhas das palmeiras parecem mais verdes depois da chuva, pássaros planando aos pares, pessoas caminham, agora, sem as capas coloridas ou guarda-chuvas estampados.

Patong é sempre vida, em suas diversas facetas.

Ela nos chama, nos atrai, nos conquista, nos ampara, nos espreita, nos faz sentir vivos e cheios de sonhos.

Com energia para realizá-los.

Amo você Patong.

Agradeço por sua paisagem, seus filhos, seu pôr do sol inesquecível, seus habitantes noturnos, que correm graciosos para o mar, mais uma vez!

Encerrando mais um dia.

Out/2019 - Tailândia, Phuket
Patong: fim de tarde e parasailings

Cacau e café

01/10/2019 – Chuva forte de manhã, parece que hoje não teremos praia... hummm, e subitamente lá vem ele, o SOL. Lambendo as nuvens cinzentas, acariciando as montanhas, diz alô ao mar verde azulado. Meu amor à praia cresceu com minha família, em especial com meu pai.

De Maringá, aos 6 anos fomos morar em Santos, a uma quadra da praia. Do terraço do quarto de meu irmão víamos um pedaço do mar e da ilha das Palmas. Ir à praia, andar no jardim margeando a areia, sentir a maresia no fim de tarde, eram programas comuns desde a infância.

Meu pai, certa vez nos deu uma prancha, que mais parecia uma balsa, onde ficávamos "à deriva" nas manhãs dos fins de semana, com amigos e primos. Quando tínhamos nossa lancha, a GiGuiJu (primeira sílaba do nome dos filhos), certa vez ele ancorou a poucos metros da praia da Pouca Farinha e gritou: "Pulem e nadem até a praia".

Para mim, parecia **muito** longe da praia...

Um misto de excitação e medo nos empurraram para o mar e saímos nadando numa competição, mergulhando entre pequenas águas vivas que dividiam o território.

Meu pai me ensinou a não ter medo. Grande lição.

Cinquenta anos depois, num passeio de barco na Tailândia, me vi no alto de uma plataforma de cinco metros de altura (que mais pareciam 10), pensando **O que eu estou fazendo aqui?**, enquanto tomava coragem para saltar no mar. Meio paralisada, meio ansiosa, mas totalmente envolta nas lembranças da minha infância.

Pulei! E depois voltei ao topo da plataforma para uma segunda vez de adrenalina total. Mergulhamos juntos!

Meu pai tem um importante lugar em minha vida. Em meu coração. É meu mestre de aventuras. Eterno.

Amava sair com ele de madrugada, rumo à estrada para Campo Grande, MS.

Ver filmes de John Wayne, ou do conde Drácula, altas horas da noite; cozinhar dobradinha, com aquele perfume de alho e bacon dourando no azeite à uma da manhã!

Era desapegado das coisas materiais que conquistou. Ajudava pessoas sem esperar retorno. Soube de algumas dessas só depois que ele se foi.

A imagem de uma festa de casamento em que me tirou para dançar. No meio de tantos casais, só tinha olhos para meu pai e sua alegria, brincando com seus passos divertidos, rindo de si mesmo, comemorando a vida.

No filme Encontro Marcado, me vejo com ele, na cena em que Anthony Hopkins dança na festa de seu aniversário com a filha, minutos antes de ela sair em companhia de Brad Pitt. Meu pai me fazia sentir amada, mesmo sem dizer. Orgulhoso, mostrava meus quadros na parede do quarto, dizendo ser eu a autora de todos, olhos acesos.

Me sentia como seu filho mais novo, pois gostava mais das brincadeiras de meninos.

Éramos muito companheiros, dormindo em postos de gasolina na beira da estrada para MS ou dividindo o quarto na fazenda, quando acordava de madrugada e o via fazendo contas, numa época de crise, que culminou com a venda das terras, que tanto amava.

Depois disso, perdeu um pouco da alegria, seus olhos ficavam perdidos fitando o nada, e veio o Alzheimer.

Nos 10 anos, que convivi com a doença, perdi as conversas e outras coisas que faziam nosso relacionamento sempre divertido e com cumplicidade, nossa identidade.

Mas quando me olhava nos olhos, via no fundo deles que alguma imagem permanecia viva em sua memória.

E amei estarmos juntos até o sempre.

Nos despedimos dele no mar de Santos, sua cidade natal.

Ao lado da minha mãe e de meus filhos, seus netos, que não pôde desfrutar da companhia com saúde, lancei suas cinzas nas águas da Ponta da Praia.

Era um dia lindo de sol e o mar, verde como há tempos não se via. Suas cinzas continuaram a viajar, quem sabe pra onde...

Algum dia, com certeza, passaram por Phuket.

Maio/1995 - Lembranças de vida
São Sebastião, Praia Deserta - última viagem com papai

Um paraíso na areia

02/10/2019 – Engoli o café da manhã tão depressa como poderia, já que comer rápido nunca foi o meu forte, e parti. Caminhei uns 20 minutos até o local onde disseram passar o ônibus para *Paradise Beach*.

Joe na véspera havia sugerido fazer o passeio a uma praia pequena, mas com beleza estonteante. Atributos suficientes para preparar a mochila e ir atrás do tesouro. O caminho já demonstra o que nos espera mais à frente: a vegetação local, um mix de verdes de diferentes gradações emoldurando a estrada, com a visão das praias e seus *long tails boats* ancorados.

Subimos, subimos, chegamos.

O pagamento na entrada garante acesso e algumas regalias, como segurança, primeiros socorros, banheiros com chuveiro e manutenção do local! Alguns passos mais e, sim, o paraíso deve ter a porta de entrada aqui.

Uma pequena e charmosa faixa de areia de não mais de uns 80 metros, banhada por águas azuis esverdeadas, muito claras, calmas, pedras delimitando a área. Na areia, fragmentos de coral se misturam a grãos de um bege claro, que compõe o colorido da natureza, sem competir.

No meu primeiro mergulho ganhei um companheiro de nado, um peixe branco, com uma sutil pincelada amarela, que tentei seguir, mas na velocidade o perdi de vista e de fôlego.

Fiquei de molho nesse verde jade muitas horas, boiei, caminhei, fui e voltei e fui, fui até a ponta dos limites da baía. Meus olhos estavam cheios de beleza e cor.

Uma lagartixa cor de cobre envelhecido (você sabe que cor é essa? É uma cor de astro, de superstar), desfilou rapidamente cruzando meu caminho na trilha. Para minha surpresa, enquanto desajeitada pegava o celular pra fotografar, ela parou, como que fazendo pose, sobre uma pedra. O tempo suficiente para que eu pudesse fazer o registro e saiu correndo por entre pedras e folhas.

Pensei nos inúmeros locais, com natureza majestosa, que temos para descobrir.

Na imensidão do universo, lindo e poderoso, obediente e criativo ao Ser supremo de bondade. Gratidão.

Na volta, parei para fotografar a vegetação, que sempre me fascina e conquista, e encontrei várias dorminhocas. As dorminhocas são plantas da minha infância, em Campos do Jordão, são galhinhos delicados que quando sujeitos ao toque se fecham, caindo em um sono reparador.

Brincamos ali recordando o tempo que se foi.

Foi mais um dia maravilhoso, que teve um pôr de sol vermelho avioletado em Patong. Sentada na areia apreciando o cenário, meu coração é só contentamento. Presente de D'us.

Vida que se renova a cada dia, a cada momento.

Se permitir conhecer, acreditar!

Estar presente em cada vivência.

Aprendizado.

> Sinto muito.
>
> Me perdoe.
>
> Te amo.
>
> Agradeço.
>
> So Ham mil vezes!

Tailândia, Phuket
Paradise beach, um sonho na areia...

JUSSARA CORRÊA

O sim e o não

04/10/2019 – Leio um post de meu amigo:

T'en vas pas

C'est pas fini avec toi

T'as filé, commune étoile

Je n'y ai vu

Que les grands astres...

Não vá embora

Nossa história não acabou

Você sumiu, como uma estrela

Não vi nada

Só os grandes astros...

    Vida, momentos, pessoas, sentimentos. Nos livros parece tudo tão óbvio e fácil, a vida flui! Vou para a prática de yoga, hoje, nas areias de Patong e uma enxurrada de dúvidas e questionamentos quase me afoga no mar espumante da vida bela. Mas a vida **É** bela. Não apenas porque estou aqui de frente para o mar e à sombra de belas palmeiras! Privilégio.

Simplesmente porque a vida nos dá oportunidades de reinventá-la. Recomeçar, mudar as opções, aceitar o que vem, escolher para onde ir, com quem ir, quando ir, ou ficar.

Hoje, li um texto sobre o sim e o não. De uma mulher madura, que assumiu seus cabelos prateados.

Crescemos e desaprendemos a dizer não. Mas quando bebês, o não é tão falado e ouvido, o que aconteceu pelo caminho? Por querer agradar ou querer desvendar mistérios ou ousar em nossas experiências, vamos dizendo sim e fica mais difícil dizer não pela vida afora.

Ainda estou no aprendizado de saber dizer não, quando, por impulso, diria sim em situações de desconforto. Porque os momentos nos envolvem, nos conquistam e tendemos a aceitar quando sabemos que o melhor é recusar.

Entender como cada um é, respeitar as escolhas de outros, mas antes de tudo se respeitar. E como é bom fazer isso. Se respeitar, ouvir a voz de dentro parece óbvio, por que não é?

Alguns têm mais facilidade em agir, gritam e esperneiam, lutam para se preservar. Faz parte do crescimento de cada um. O aprendizado que faz da vida um constante recriar, reconstruir, juntando e reorganizando. Priorizar o que é valioso e em geral tão simples.

O que está perto, agora, é o que temos de bem maior. Agradecer o sim que a vida nos dá, o sim que D'us nos presenteia cada dia, com um amanhecer e um entardecer. E entre os dois, infinitas possibilidades, que se estendem pela noite.

Sim para o amor, para a compaixão, para a gentileza, para a saúde, para o sorriso, o abraço, o beijo, o afago, a conquista, o brilho no olhar, os sonhos, a realidade conquistada, o perdão, a compaixão.

Feliz no agora.

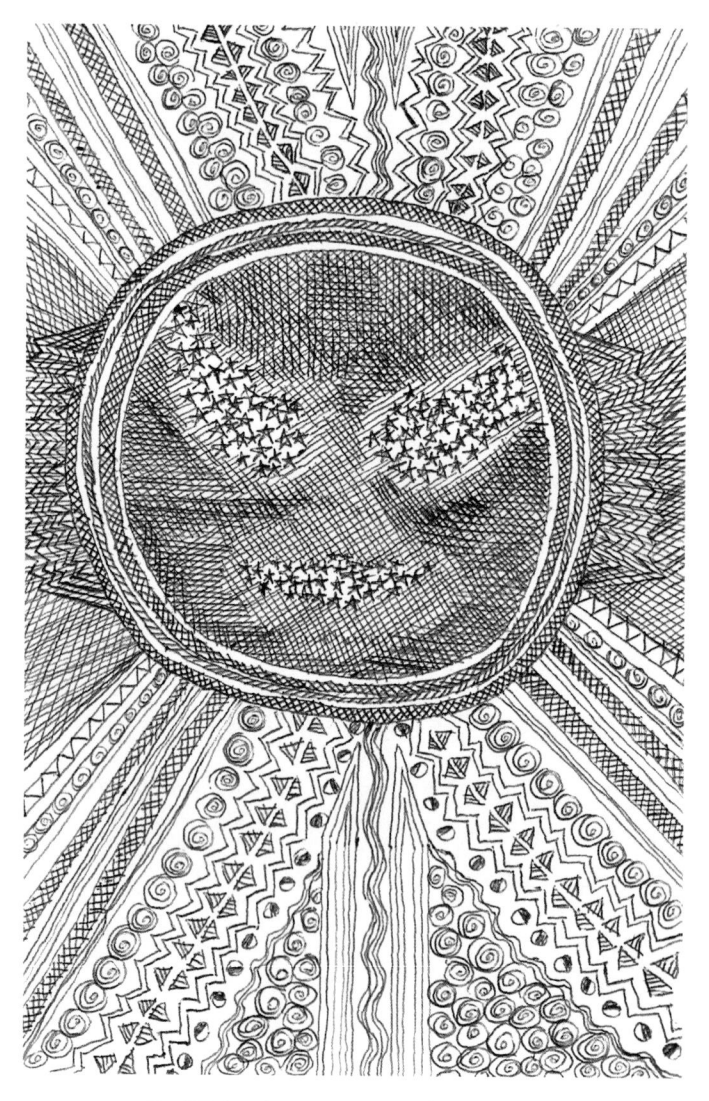

Fev/2019 - Amizade, conexão, cumplicidade
Respeitar e amar, sonhar e realizar

Irmandade

Desde pequena tinha a imagem de minha irmã como uma desbravadora, descobrindo novas alternativas na vida de eterna felicidade e prazer.

Mais tarde essa noção de garra e força se solidificou na certeza de ter ao meu lado um espírito único, fonte de doação, amor, bravura, luta e luz.

Minha irmã aprendeu tudo de bom da vida: cozinheira incrível, profissional de marketing, dona de casa e mãe excepcionais. Suas fraquezas? É verdade, todos nós temos algumas.

Medo de fantasmas, de almas e espíritos, talvez porque conheça muito o poder que têm.

Como acontece com a maioria dos irmãos, tínhamos brigas na infância, que duravam pouco, logo nos tornávamos aliadas de novo para enfrentar as invenções de nosso irmão, que escondia as bonecas ou montava geringonças eletrônicas para ouvir conversas.

Meu querido irmão-espião, meu eterno 007. Amigo, companheiro nas brincadeiras com os *match box*, as miniaturas de carrinhos que amava tanto. Ombro amigo nos fins de semana, quando ia nos ver em Santos, e saíamos pra conversar à noite, na beira mar comíamos *hot dog* nos *food trucks*; conselheiro e apoio essencial no meu recomeço de vida; grande exemplo de fibra e dedicação! Quando se casou, ganhei uma cunhada-irmã, outro presente dos céus.

Mimã se apaixonou cedo e após um longo namoro se casou. A partir daí ficamos mais unidas e ela tornou-se minha mestra e protetora.

No período em que trabalhei como vendedora em loja de roupas, o estresse pela pressão do ambiente de trabalho, depois de dois meses resultou numa crise de ATM e fui parar no hospital. Ela estava comigo.

Meus filhos eram adolescentes, meu marido desempregado, e decidi pegar um emprego temporário para ter alguma renda para nos sustentar. Não suportei.

Minha irmã, ao meu lado na cama do hospital, lia textos para me animar e fortalecer. Foi por meio dela que conheci e ganhei a primeira sessão de massagem ayurvédica, com um médico indiano. Procedimento de medicina oriental, que me tirou da crise, e me conquistou desde então.

As massagens com óleos essenciais associados à *ghee* (a manteiga clarificada indiana), devolveram-me a saúde e inspiraram minhas escolhas futuras.

Um ano depois, quando decidi pela separação, recebi conforto em suas mensagens e sugestões de cursos e terapias. Foi quando me lancei numa pós-graduação em yoga e mais tarde no curso de Reiki.

Me apaixonei.

A partir daí as duas práticas são parte de minha rotina diária. E, quando não é possível praticar uma delas, me sinto incompleta.

Costumo dizer que minha irmã é uma bruxinha, feiticeira, guru. Pratica e sabe das coisas, muito tempo antes que se tornem moda. Já falava em tomar tantos litros de água por dia e andava com sua garrafinha sempre abastecida nos anos 1980/90.

Nos últimos seis anos tem sido a companheira constante de minha mãe, 24 horas por dia. Desapegada, continua a me inspirar e cuidar, com seus óculos de fada madrinha e sorriso de um sábio xamã.

Além das poções que, sabiamente, prepara nos almoços de família, que me levam a terminar o dia esparramada no sofá aproveitando o carinho!

Muito bom estar em casa.

Out/2017 - Tailândia, Chiang Mai
Lanternas e magia embalando a noite

O maior artista do cosmos

06/10/2019 - Sempre gostei de inventar coisas pra fazer, às vezes perigosas, mas normalmente artísticas. Trabalhos manuais me fascinam. As artes que nossas mãos podem executar são infinitas. Não por acaso, amo e admiro os artistas. Desde os que estão nos museus e galerias, aos que exibem suas artes nas ruas.

Na infância Michelângelo, adolescente Andy Warhol e Dali, na universidade o 'casamento' com Gaudí e suas obras. Os *graffitis* que se tornaram arte pelo mundo, os artesãos que costuram e tricotam, bordam, pintam minúsculos desenhos em graciosos ornamentos, tingem, dobram em mil vincos o papel em origamis.

O artista é um enviado de D'us, com uma maleta de possibilidades, como bagagem. Me incluo nessa lista, com a trajetória desenhando bonecas em seus vestidos de baile muito detalhados, criando porta-lápis com tinta e flores de feltro, em latinhas de refrigerante, estampando camisetas e vendendo na faculdade, para ajudar nos custos do curso de técnicas de desenho.

Quem tem o dom da arte não pode jamais abandoná-lo. Seria como devolver um presente recebido de quem nos ama acima de tudo. Um presente único, com sentimento profundo e especialíssimo.

Às vezes, me pego rabiscando estrelas e corações em textos de trabalho, e a espiral do movimento da vida. Há anos não desenho ou pinto. Ah, não... É verdade, fiz alguns desenhos de rostos da família para enviar de aniversário quando estava na China.

Pegava a caixa de lápis de cor e retratava em desenho as fotos da galeria do celular. Em cada cor, em cada traço, a minha saudade por estar longe dos que amo, mas fazendo o que sabia que tinha que fazer naquele momento.

O compromisso comigo mesma, de lutar e ver meus filhos formados, uma missão de amor e fé.

Agora volto no tempo e penso em resgatar meu presente da caixinha de joias, onde deixei guardado meu presente divino, meu dom.

Como é maravilhoso poder resgatar coisas e pessoas que amamos. Coisas imateriais, que estão no coração, no fundo da alma, na ponta dos dedos.

Agradeço, pois sinto que D'us está me preparando para uma nova jornada.

OM, o corpo sonoro do absoluto, Shabda Brahman
O som do universo e a semente que 'fecunda' os outros mantras

Diálogo silencioso

07/10/2019

Eu entrego

Eu confio

Eu aceito

Eu agradeço

Imersa nesse **meu** mar, fitando o horizonte onde ele mansamente encontra o céu, sou pura gratidão.

A chuva que caiu sobre a cabana de Kow, e que nos protegeu do banho matutino, se foi e as nuvens deram passagem ao sol.

Sua luz dourando a crista das ondulações é uma cena de beleza inesgotável, fonte de paz interior e gratidão.

Ensaio várias vezes sair dessa cena, e retorno. Mergulho, me procuro, encontro D'us.

Sou grata todo o tempo pelas mensagens que me envia. Por vir me tranquilizar, quando a mente vacila, se ocupando de preocupações e hesitações que não são eu, não sou o que sou.

Sinto Sua presença quando, suavemente, breca as histórias em minha cabeça e me abre os olhos para o que estou vivendo, para o agora. Estar presente. Viver o presente. Ser grata ao presente. Ao conhecimento, ao aprendizado.

Sob a sombra das palmeiras adormeço. Sonho. Ao acordar, vejo que minha vida é mais bela e abençoada do que o sonho. Tem um ritmo de alegria, de energia contagiante, de cores e amores. Ouvindo as diferentes línguas à minha volta, saboreio esse momento de cidadão mundo.

Todas as culturas, continentes, juntos, compartilhando o mesmo espaço em harmonia e gentileza.

Que esse microuniverso que se estende pelas areias e entra no mar possa reverberar pelos cantos do planeta e entoar um só mantra:

Somos amor

Somos paz

Somos irmãos

Somos um

Constantemente me emociono, a natureza opera isso em mim. E nessa comunhão me entrego, me doo, sou instrumento.

Que eu seja sempre, Senhor, um instrumento de sua paz.

So Ham, mil vezes

2017, 2018, 2019... - Tailândia, Phuket
Um zoom em Patong Beach

Começando a despedida

08/10/2019 – Voltei a *Paradise Beach*. Começo a me despedir de Phuket. Coração cheio de amor e gratidão. Já sinto um aperto? Desta vez não. Talvez porque estivesse presente nos momentos que vivi aqui. Treinando a mente para estar aqui e agora, saboreei melhor os dias com que tanto sonhava.

Hoje pude ver o fundo de coral da prainha charmosa e encantadora. Fui além. A maré baixa fez com que eu nadasse tocando pedras e corais, num fôlego que me surpreendeu.

Os exercícios de meditação, ensinados pelo meu amigo monge Rose, e a respiração consciente que relembrei dos tempos do curso de pós-graduação em yoga surtiram efeito. O resultado foram mergulhos duradouros, deslizando nas ondulações sobre corais, visualizando um mundo a que Jacques Cousteau me apresentou na adolescência!

Amava seus documentários a que, na companhia de meu pai, como anfitrião desta festa submarina, assistíamos toda semana na TV. Saudades... Também das edições da *National Geographic* (sim, a original, em inglês), que folheava já tentando traduzir as reportagens que mais interessavam. Ou das *Surfer Magazine* do meu irmão surfista, com fotos de tubos e ondas em praias paradisíacas, pelo mundo.

Uma faixa turquesa claro corta o mar ao meio, da areia à murada baixa de pedras, limite permitido ao banho em *Paradise*. Curiosa, nadei até ela para entender por que algumas pessoas se concentravam ali.

É o único local em que o solo é de areia branca e fina; o restante é o terreno de pedras e corais, observados na minha pesquisa, como aprendiz de bióloga, ou de membro da equipe do brilhante oceanógrafo!

Fui nadando até a fronteira da pequena praia de sonho, cada vez mais maravilhada com o mundo de tons de verdes e azuis, abaixo de mim, mesclados a cáquis e olivas, das diferentes vegetações do fundo. Nesse ponto da praia, não há banhistas, só mergulhadores e uma curiosa pesquisadora júnior!

O cenário é mais desafiador, a profundidade é maior, cerca de três metros, e os corais se apresentam como touceiras de plantas aqui e ali, com alegorias, de vez em quando, dançam ao embalo das águas. Fiquei boquiaberta, sem me mexer, para não macular a beleza e a rotina desse santuário. Rochas emergem e vejo um passarinho pousado em uma delas, observando. Ficou ali, alguns minutos, o suficiente para eu me apresentar e dividirmos como plateia o espetáculo, voando para outro P.O.

Despedi-me e lancei-me ao retorno à areia, de costas, agradecendo por mais este presente da natureza, de D'us.

Eu não desisto nunca.

Eu entrego, confio, aceito, agradeço. Sempre!

Out/2019 - Tailândia, Phuket
Paradise Beach: yoga à sombra das palmeiras

Conexões

09/10/2019 – Último dia em Phuket; amanhã parto para Chiang Mai.

Patong hoje está linda, mais! A chuva que caiu durante a noite limpou o mar trazendo de volta o sombreado do verde claro ao azul *navy*, no horizonte. Como não dar um mergulho e ficar de molho nesse paraíso?

Agradeço a D'us por meus dias aqui, repletos de natureza me abraçando e cuidando de minha alma. E a Kow, por sua gentileza em olhar minha bagagem de praia: mochila, canga, sandália, boné. Cuida de mim.

Decido ir andando até a barraca de Kaew, pra dizer adeus a ele e Joe. Vou pelo calçadão ou areia? Vou pela beira d'água e chama a atenção uma bola de futebol pipocando, caminhando com alguém de bermuda florida e boné virado. Começo a rir, pois imagine se uma brasileira vai deixar passar a oportunidade de chutar uma bola.

O dono da bola é Mikel, de Bruxelas, filho de mãe belga e pai americano. Bela mistura. No momento, a mãe está no Brasil, para a festa de casamento de amigos e ele diz que pretende ir, encontrar uma mulher e levar para casar na Bélgica!

- Comprar uma mulher? Pergunto entre risos. Deixe eu ver onde está a polícia, arremato e rimos juntos!

Mikel é chefe de cozinha em Bruxelas, mas roda o mundo: Espanha, EUA, Holanda (onde viveu dois anos), Marrocos, Itália. Tem a barba rente e grisalha, é alegre e sempre traz a bola consigo, o que lhe rende muitos amigos. Vamos tocando a bola juntos e conversando sobre experiências e momentos. É a segunda vez que vem à Tailândia, se apaixonou pelo povo e pelos sabores, além da natureza.

Numa aula de *muay thai*, o boxe tailandês, em sua primeira viagem sofreu uma fratura e precisou ser operado, na volta pra casa. Pensa em largar seu trabalho como chef, que tem horários malucos alternando turnos na mesma semana, o que o faz dormir em torno de quatro por noite. Vive em constante *jet lag*! Contou-me da infância tumultuada, com cenas de tensão e dor, que se perpetuam há gerações. Feridas que se curaram aos poucos. Perguntei-lhe como havia conseguido e ele foi veemente ao responder: rezando!

E a partir daí, tem sido grato por tudo, a D'us e a todos!

Consegui ver no agradecimento aos ambulantes que vinham nos oferecer algo para vender, no auxílio aos empregados do restaurante onde almoçamos, no respeito com todos. Nos despedimos e não trocamos contato de telefone.

Mais tarde, pensei em dar a ele uma mandala com Reiki, feita por minha irmã (sempre carrego algumas nas viagens, e vou espalhando essa energia de luz). Escrevi um bilhete e fui até o hotel deixar na recepção, não aceitaram, pois não sabia o sobrenome e não souberam identificar a pessoa.

Saí caminhando, ainda na esperança de vê-lo. E mentalizei muito o momento. Fui a algumas lojas, me despedi da amiga com rosto de *thephanom*, onde comprei a boneca tailandesa de madeira, que namorava desde a primeira viagem, e quando voltava ao hotel achei na bolsa algo que desejava dar a ela e esqueci. Feliz com o achado, a tempo, retornava para a loja e para minha surpresa vejo Mikel vindo na direção oposta!

- Mikel!, chamei sorrindo, e ao me ver sorriu também, com espanto e me abraçou. Dei a ele a lembrança, expliquei rapidamente sobre o significado e nos despedimos. Saí dali com um sorriso na alma, com gratidão e a certeza que D'us está em nós, vibra por nós e coloca em nosso caminho, no momento certo, o que é oportuno, o que precisamos aprender, refletir, interiorizar, transmutar.

Muitas situações, ensinam que nem tudo o que desejo é bom pra mim. Lá na frente vou entender porque não realizei o que queria, e que foi para o meu bem.

Quando não somos atendidos em nossos pedidos, geralmente, nos revoltamos, perdemos a fé, não enxergamos o que há por trás. Mas as experiências que vamos somatizando nos levam em geral para o caminho do crescimento, da aceitação, do prazer no aqui e no agora.

Na transformação da mente e modo de viver, em comunhão e com paz interior, revela-se o mais belo segredo de nossa existência.

Mandala - em sânscrito significa círculo
Símbolo da integração e da harmonia

Chiang Mai

11/10/2019 – Ahhh, adeus Phuket.

Da janela do avião vejo o mar de Andaman pontilhado das pequenas ilhas idílicas.

Até a volta...

Saboreio meu lanche e a paisagem com as nuvens brancas e fofas, que aos poucos não nos deixam ver coisa alguma. Adormeço. E quando acordo vejo as montanhas se aproximando na chegada ao aeroporto de Chiang Mai.

Do mar à montanha em duas horas de voo tranquilo e reparador.

Para mim Chiang Mai é lugar de relaxamento, reflexão, oração, paz. É repleta de templos, dos mais simples aos mais suntuosos, com seus pagodes dourados; todos envoltos em uma energia mística que convida a interiorizar, a orar.

Fui visitar meu amigo John, na sua caverna/atelier em plena cidade, decorada com panôs e pinturas.

Nos conhecemos há três anos, quando passeava próximo ao *Tha Pae Gate*, a linda muralha destruída quase totalmente, que hoje funciona como fronteira geográfica na cidade.

John é um habitante das montanhas, e não possui celular ou similares que nos conectam com o mundo. Trabalha numa sala de seu espaço, com piso de pequenas pedras aglutinadas e colunas de troncos de árvores. Seu estilo lembra meu pai, amante da natureza. Nos trabalhos sempre escreve frases, ora pensamentos ora coisas que nos fazem rir.

Ano passado, quando o visitei pela segunda vez, deu-me de presente uma pequena pintura de uma flor em preto e branco com a frase: *Why do I Keep Coming Back?* (por que eu continuo voltando?).

E desta vez, recebi outra pintura com a mesma frase, embaixo de um sol vermelho sorrindo, como o sorriso dele, sempre largo, dando as boas-vindas.

A paz do atelier só é chacoalhada pela música ambiente que completa o cenário. Sua *playlist* é composta especialmente por bandas dos anos 1960 a 80, como Beatles e Yes.

Veste-se como um personagem da época, faixa amarrada à cabeça, alinhando seus cabelos negros, que descem até os ombros. Na camiseta, elefantes desenhados em preto, numa forma gestual sobre um fundo multicor. Eles são personagens corriqueiros de suas obras, como as montanhas, as estupas e os monges.

John tem traços similares aos nossos índios, pele morena e olhos levemente puxados e serenos.

Sua afabilidade leva a compreender e quase enxergar a vida pela qual optou, no alto da montanha. E que nos abraça neste seu espaço, urbano, mas nem tanto...

Out/2017 - Tailândia, Chiang Mai
Wat Phra Sing Temple à noite

JUSSARA CORRÊA | 105

Baan Tawai Village

12/10/2019 – Dia de passeio. O tão esperado *tour* na vila dos artesãos de madeira e metal. Voei para o café da manhã de frutas e iogurte, levando a segunda parte pra viagem, um sanduíche de ovo mexido com tomate, alface e maionese, delicioso.

Quando estava na recepção calçando meu tênis, soube que Mr. Supan já me aguardava, estacionado em frente à porta. Desci os degraus que separam o terraço da calçada e vi a figura magra e sorridente do meu acompanhante.

Ao primeiro olhar, Mr. Supan, me lembrou Gandhi, com os óculos pousados sobre o longo nariz, cabelos rentes, pele queimada pelo sol das montanhas.

Me acomodei no banco ao seu lado e partimos. No painel, vejo as estátuas de Buda e de um monge, em meio a terços budistas e elementos decorativos, que havia visto em templos de Phuket e Chiang Rai.

O carro seguiu pela via marginal a um riacho, ladeado por árvores e pequenas moitas viçosas, adentrando a estrada com canteiros de primaveras coloridas salpicadas no verde dos galhos em cascatas. Mr. Supan fala um pouco de inglês e nos comunicamos de forma básica e divertida, pois muitas vezes ele não entendia minhas perguntas e respondia a mesma frase da questão anterior. Em uma hora chegamos ao destino, na velocidade tranquila e segura de meu novo amigo.

Baan Tawai é uma região onde se respira arte. Vila formada por lojas de cerâmicas com *design* diferenciado, madeiras entalhadas em esculturas de deuses e animais, lustres e objetos de decoração, de diversão, móveis, metais trabalhados em peças que me surpreenderam na delicadeza dos detalhes e força, imponência das dimensões. Encontrei muitas, inúmeras bonecas tailandesas expostas em vários tamanhos e organizadas como um exército a dar as boas-vindas aos visitantes. Debrucei-me sobre vasos, bules, copos e canecas de inspirações criativas e instigantes, em um atelier de cerâmica, que era um oásis no imenso terreno de artes em madeira.

Deslizava pelas ruelas, levada pela brisa que deixava o dia ensolarado um pouco mais fresco e agradável, me deleitando durante horas num cenário de pura criação. Voltamos para o hotel no meio da tarde, felizes por compartilharmos o passeio e nos despedimos com um até breve. E Mr. Supan calmamente dirigiu sua caminhonete vermelha até desaparecer na curva da estrada de terra.

Tomo uma ducha deliciosa, relaxante e me aconchego na macia cama, descansando e me perdendo na vista das montanhas, que vejo da minha janela. Adormeço.

Mais tarde, saio em caminhada pelo tranquilo bairro perto do hotel, de muitas ruas estreitas, restaurantes, clínicas com as famosas massagens e mais ainda, de templos. Lugares para os quais volto, ou entro pela primeira vez, me recolho e agradeço.

Out/2019 - Tailândia, Chiang Mai
Ornamento em madeira, lembrança de Baan Tawai Village

Thephanoms

13/10/2019 – Hoje reencontrei minha companheira: a *bike* vermelha, que ano passado me levou a passeios cheios de emoção e aventura! Há dois dias havíamos saído, para visitar John, mas ela ficou estacionada na porta, a maior parte do dia. O roteiro previsto para o dia é mais puxado: pedalar pela marginal do canal que corta a cidade, visitando os templos e observando as ruínas da muralha, que surgem durante todo o trajeto.

Estava com receio do circuito, pois teria que pedalar em pistas compartilhadas com carros, *tuk tuks*, caminhonetes e motocicletas em trechos, muitas vezes, caóticos. Tudo bem, se não for não saberei como é, simples assim. E meu lado aventureiro mais uma vez falou mais alto. Mochila na cestinha frontal, boné na cabeça, óculos escuros e bora rodar! Sem esquecer a água, a *écharpe* e o vestido, pois para entrar nos templos, a roupa adequada é item essencial e em aviso de destaque logo na entrada. Alguns templos possuem enormes cestos na entrada com pareôs, calças e lenços, para os turistas menos informados ou desprevenidos. Com um shorts e regata era fácil colocar o vestido solto por cima, a *écharpe* cobrindo ombros e decote. Mesmo se não entramos no templo, andar no entorno requer recato. Ainda assim, sem estar com a roupa certa, em um outro dia, passei por um templo com várias imagens de *thephanoms* que me 'chamaram' a entrar. E fui, pedi licença mentalmente, não poderia deixar passar.

Thephanom é o termo para a representação em pinturas, ou em tradicionais desenhos tailandeses, do gesto das mãos (*añjali mudrã*).

Também é um termo usado para designar um anjo ou divindade, que protege e guarda o templo. Eles são geralmente apresentados em par, um casal de irmão e irmã, ajoelhados, com as mãos em prece ou oferecendo respeito. A primeira vinda à Terra de um thephanom foi quando Buda alcançou a iluminação. Eles se tornaram protetores de Buda, guardiões, então, de templos religiosos e artefatos como pergaminhos sagrados. A definição do nome veio da leitura de descrições de estátuas dessas divindades e da comunicação com os tailandeses.

No meu caso, foi a gentil Jyoti, que contou sobre a história quando, na loja em que trabalha repleta de estátuas e objetos em madeira e bronze, comprei minha primeira imagem do anjo. Ela se parece com uma Imagem. Depois de ouvir e ler mais sobre a história, voltei no dia seguinte para buscar seu par, sua irmã.

E, voltando àquele dia do *tour* de *bike*, seguindo o chamado fui adentrando o templo, cercada por essas divindades, até vislumbrar um pagode branco com detalhes coloridos, que cintilavam com a luz do sol de fim de tarde. Sentei e fiquei apreciando o momento, quando um jovem monge surgiu molhando as plantas do jardim. Mais tarde, outros chegaram e se reuniram em uma roda de conversa animada entre amigos. A lua cheia levantou-se na minha frente, tornando o cenário mais espetacular e misterioso. Foi quando percebi que era hora de ir: o monge me fez sinal que o portão principal tinha fechado! E sem falarmos, fui seguindo seus passos, para onde imaginei ser uma outra saída, até chegar à rua. Sorrimos, nos despedimos e no caminho de volta, do lado de fora, vejo com alegria meus jovens amigos monges em cima do muro. Meu guia me acenou, enquanto os outros tratavam de retirar as bandeiras de Buda e do país, dispostas por toda a extensão do local.

Hora de recolhimento e oração.

Out/2018 - Tailândia, Phuket
Thephanoms

Street market

Fim de tarde e noite de domingo são uma festa no bairro de Mueang. O mercado de rua estende-se em sua totalidade do *Wat Phra Sing* ao *Tha Pae Gate*, e escorre pelas transversais e nos pátios dos templos.

Os artesãos aproveitam seus pequenos espaços para exibirem seus produtos. A multidão cobre como um tapete o asfalto, a passos lentos, como que seguindo uma procissão. Grupos de músicos se apresentam a cada quarteirão. Foi lá que, no ano passado, tive a feliz surpresa de assistir a um show do *Tuku Didgeridoo Band*. Gratuito.

Bichinhos e bolsas de crochê, sabonetes em formas de frutas perfumadas, lanternas em metal com desenhos pontilhados, por onde escapa a luz suave da vela, caixinhas de laca com desenhos filetados, flores bordadas em pequenos saquinhos de gaze, tudo tão especial e de uma delicadeza, fruto de mãos habilidosas trabalhando o dom recebido.

Esse ano me apaixonei por uma barraca em especial: meio escondida, tinha variados peixes pendurados em seu painel de tela. Eram coloridos e divertidos, de grande impacto visual e bom gosto. Ainda dividiam o local com máscaras tribais ricamente desenhadas e uma lagartixa muito charmosa e alegre. Amei, tinha que levar um.

A noite nos brindou com sua mais linda roupagem: um halo escuro em volta da lua, e um filete branco delimitando-o. Ela iluminava o caminho de volta ao hotel, me mostrando a face dos jasmins e primaveras sob seu brilho. Um convite ao caminhar vagaroso e atento, ao aqui e agora.

Como é bom estar no aqui e agora. Vivenciar o momento. Do burburinho das barracas da feira, entre panelas soando apetitosos pratos, folhas dançando com a brisa, à luz do luar.

Sinto um aroma delicioso, de incenso, que me acompanha e me abençoa. Sim, D'us está comigo e tudo me leva a Ele. Sinto a unidade. Sinto-me agraciada.

Hoje deixo uma fresta da janela aberta, descortinada, não consigo dizer boa noite, fico, aprecio, meu peito explode em contentamento e gratidão. Na escuridão do quarto, silêncio, simplicidade, paz, aconchego, gentileza.

Vejo pela janela, ao longe, a luz do templo na montanha.

Sinais invisíveis de um abraço e afeto.

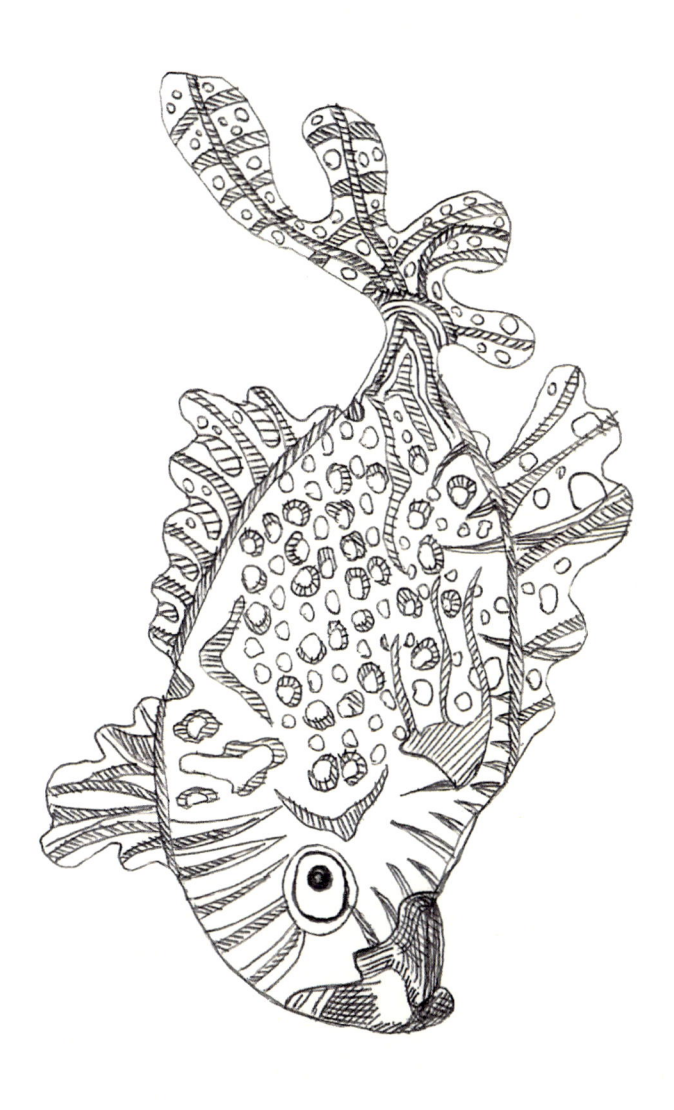

Out/19 - Tailândia, Chiang Mai
Street Market, em domingo de lua, e a barraca dos sonhos

Lições sutis

14/10/2019 – Penúltimo dia em Chiang Mai   curtindo a vista e a paz do quarto, ao despertar.

Tive a grata surpresa de rever meus amigos de quatro patas e rabo longo peludo: os esquilos. Curiosos e ligeiros, espreitam o movimento do café da manhã, em meio às árvores frondosas, que dão sombra ao caminho até a sala de refeição. Numa trilha de pedra ao lado da sala, uma miniatura de templo, santuário com imagens e oferendas a Buda, se destaca sob os guarda-sóis vermelhos e as imensas folhas de bananeiras. A religiosidade está por todos os lados, nesta cidade, nos envolvendo e abençoando. Saí com a ideia de ir ao mercado de *Waroros* (ou *Warorot*), comprar mais alguns ingredientes para levar na bagagem.

Caminhando pela rua principal, encontro uma moça sentada na calçada vendendo artesanato, os chaveiros de elefantes multicoloridos e de variadas estampas. Agacho ali, por alguns instantes, escolhendo o que vou levar, quando uma senhora se aproximou e fez o mesmo. Era uma outra viajante solitária e aventureira, da Coreia do Sul. Conversamos rapidamente sobre como é bom desbravar os lugares que desejamos conhecer e podermos fazer sem pressa, no nosso tempo.

Nos despedimos e segui, com a intenção de ir em frente, mas parei na papelaria.

Poucos minutos depois o céu desabou.

Uma tempestade transformou em segundos o que era a rua em um rio, com marolas que quase entravam pela loja. Sem poder sair, escolhi algumas coisas para levar de presente, comprei dois cartões postais e sentei para escrever calmamente, enquanto lá fora, a maré subia. A água subia tanto que a família teve que fechar a loja e eu fiquei do lado de fora, abrigada na soleira cheia de goteiras de um caixa eletrônico.

Esperando a chuva passar e nada. Uma hora depois, aumentou e meu humor azedou, já não estava dos melhores. Foi quando vi no lado oposto uma alegre e tranquila nativa com uma criança andando com a água no joelho e as roupas ensopadas. Seguiam cantarolando pelo que deveria ser a calçada.

A cena me fez parar e refletir. Me fez pensar em aproveitar os momentos e o que D'us nos dá. Minha alma deu um pulo, abri o guarda-chuva, meti o pé na água e fui pra minha jornada. Quando olhei pra cima vi que havia um furo enorme no guarda-chuva e ri comigo mesma e de mim mesma. Acordei de minha contemplação do meu próprio umbigo.

Andei por um bom tempo, mergulhada naquela rua-rio, até chegar à rua do hotel onde, para minha surpresa e mais risos, tinha um outro rio no lugar da rua! O banho, de chuveiro, que seria antes do almoço ficou pra depois.

Almocei num restaurante ao lado do hotel, e na volta, a lavagem completa: corpo, tênis e roupa. Me sentei na cama para escrever e cochilei, acordei duas horas depois, renovada.

A chuva havia passado, me vesti e fui dar adeus ao John. Quando entrei no atelier, a primeira pintura que notei carregava a seguinte frase: *Life is not about waiting for the storm to pass. It's about dancing in the rain.*

É mesmo. A vida não é sobre esperar a tempestade passar. É sobre dançar na chuva.

Entendi que a mensagem era pra mim.

Depois, entrei no templo em frente, onde um pequeno jardim florido guarda uma estátua de Ganesha. Fiquei ali por um tempo, revisando os acontecimentos do dia, orando.

A lua me seguia no caminho de volta, cheia e brilhante, linda em meio às luzes que decoravam a rua até o *Tha Pae Gate*.

> LIFE IS NOT
> THE STORY
> IT's ABOUT
> DANCING
> IN THE
> RAIN.

Out/2019   Tailândia, Chiang Mai
Atelier de John: depois da tempestade, bonança e acolhimento

Um adeus especial!

15/10/2019 – Último dia da prática de yoga, de café da manhã ao ar livre, ao lado do pequeno altar com oferendas e incensos para Buda.

Fui até as lojinhas de minha rua favorita e me despedi de Miss *Wararat*, no *Wat Phra Sing*, onde cuida de um pequeno comércio na parte lateral.

Com um longo abraço fiz um pedido a ela: escrever na caderneta, que lhe dei, seus desejos e agradecer pela vida.

Seus olhos brilham, confiam em seus sonhos mesmo na meia idade e com uma vida humilde e sem perspectivas. Com doçura e emocionada acompanhou meus passos até a saída.

Enquanto esperava a hora do meu táxi, resolvi dar adeus aos meus amigos esquilos no templo da esquina, o *Wat Pan Whaen*.

Sentada, observava o movimento deles correndo pelos galhos robustos da frondosa árvore protetora, atrás do Buda dourado, ladeado por um enorme gongo. Foi quando um senhor se aproximou fazendo sinais pra mim. Aponto para o esquilo no galho atrás dele, se pendurando em divertido malabarismo.

Começamos a conversar e me convidou para meditar, junto com outros dois estrangeiros, que haviam marcado pela internet. Há 2 anos mantém contato com o rapaz da Alemanha e hoje vai conhece-lo. Chegou acompanhado de uma moça da Turquia, que conheceu na Índia e praticou a meditação por lá.

Mr. We, mestre tailandês, que tornou-se meu amigo Veerayuth, fez uma breve introdução sobre a natureza da meditação, enquanto outro esquilo (ou seria o mesmo?), bem atrás dele roubou um pouco de minha atenção. Iniciamos a prática.

Fechei os olhos e os sons vindos do gongo eram mágicos, ora graves, ora mais suaves. Em determinado ponto, ainda de olhos fechados, vi uma mancha escura e senti como que mergulhando em uma outra dimensão.

Rápido, profundo, conexão de mundos.

O táxi deveria estar esperando e eu tinha que partir no momento em que Jonatan, o rapaz alemão, tocava, com movimentos suaves, o gongo. Agradeci mais uma vez à D'us e ao universo por essa despedida linda.

A caminho do aeroporto pegamos um trânsito pesado e vieram a ansiedade e a preocupação. Simultaneamente, lembrei da paz que estava vivendo no templo, há alguns minutos e iniciei a meditação. Veio o pensamento, da próxima vez tenho que sair mais cedo do hotel.

E tudo deu certo.

Out/2019 - Tailândia, Chiang Mai   Templo Wat Pan Whaen. Meditação com gongo. Despedida e introspecção

A Árvore de Buda

16/10/2019 – Hora de voltar ao trabalho. A energia da praia, dos templos, da natureza, renovaram minhas forças para terminar esse ciclo. As visitas às estamparias, sempre acompanhada das memórias de meu mestre de olhos azuis e de minha amiga-orientadora, e aos fornecedores (de quem internamente me despedia pois, conforme combinado, não poderia dizer a ninguém que estava me desligando da empresa). Por coincidência, ou não, o escritório mudou de local, na semana em que estava na cidade.

A despedida de *Guazhufanqinq*, o condomínio arborizado onde trabalhávamos, em frente ao lago, foi tranquila e com a certeza de ter produzido bons frutos enquanto ali estive. O novo escritório ficava a cinco quadras do meu hotel, facilitando a caminhada de manhã, aproveitando o clima agradável de outono e com o sol como companhia. Também ficava a poucos metros do restaurante vegetariano em que, usualmente, jantava. Mas não só isso. Minha história com o lugar transcende a comida. Lá alimentava a alma.

O nome já sinalizava um lugar sagrado, a *Árvore de Buda*, sob a qual ele alcançou a iluminação. No térreo funcionava uma casa de chá, que em um período abrigava aulas de tai chi chuan.

Pude compartilhar algumas aulas com alunos experientes e receptivos a uma inexperiente *laowai*. A comida vegetariana tinha uma variada gama de sabores a que não resistia, e me jogava nas combinações dos pratos que Jiaming preparava com carinho, para mim, todas as noites. Luoluo e Jiaming, gentil casal de budistas, montaram o restaurante que funciona há mais de oito anos.

Seu carinho e preocupação com meu bem-estar iam além do relacionamento proprietários/cliente. Nos tornamos amigos e uma família. No fim do dia sentia-me indo para casa e o abraço de Luoluo, na recepção, era reconfortante. A cada novo prato que idealizavam pediam para que provasse e desse a minha opinião, antes que fosse para o cardápio!

Fazíamos um laboratório de ingredientes e culturas, aguçando os sentidos. Visitamos juntos restaurantes árabes e indianos para que pudessem experimentar a culinária de outros países, adaptando pratos e inserindo temperos.

A decoração do salão era com peças antigas de madeira pesada e rústica. Armários, biombos, aparadores, que eram pano de fundo, para peças de porcelana, tecidos, roupas, elementos para decoração e pedras. Como o Buda esculpido dentro de uma pedra redonda, nos dando boas-vindas na entrada do salão.

Em uma pequena sala, a imagem da deusa Quanyin ouvia meu relato diário com um sorriso afável. Durante anos, era ali que abria meu coração, chorava, sorria, agradecia, em conversas mudas, que só nós ouvíamos. Renovava as forças e a gratidão era imensa. Ficávamos juntas alguns minutos, às vezes na penumbra, à luz de pequenas velas, em nossa introspecção e prece.

No meu último dia, em Keqiao, almocei ali com um amigo/

fornecedor e na saída, do alto da escada, Luo, Jai e o pequeno Lee, acenavam emocionados.

Em meu pescoço levava o japamala, que Luo retirara do altar de Quanyin para me presentear, e onde ficamos em oração de mãos, corações e vidas entrelaçadas. 1314.

Aprendi com os chineses que 1314 significa 'para sempre'.

2013...2019 - China, Keqiao
Quan Yin, orações e conversas silenciosas, no restaurante vegetariano

Zaijian Shanghai

31/10/2019 – Aeroporto de Pudong, Shanghai. Como na primeira vez em que pisei aqui, estou apaixonada. Sua estrutura e linhas onduladas dão leveza ao espaço grandioso, no qual a arte tem seu lugar. A loja do Museu de Shanghai é a última parada antes do embarque, por onde passeio entre pinturas, peças decorativas e *souvenirs*.

Gratidão por esses nove anos que transitei na ponte Brasil-China com muita proteção e sem nenhum obstáculo na realização de meus sonhos. Pelo menos nenhum, que deixasse marcas insolúveis.

Aprendo que com amor e pureza de sentimentos podemos curar feridas e recriar relacionamentos sem mágoas, mas com perdão e aceitação. O voo de volta pra casa será longo, em torno de trinta e seis horas, incluindo conexão e translado. Mas nas distâncias que percorro dentro dos aeroportos encontro um ótimo período para exercitar corpo e mente.

Assim como durante o voo, de quatorze horas e meia, até Dubai, onde faço minha prática no final do extenso corredor do Jumbo A800, espiando, de vez em quando, a paisagem através da minúscula janela no fundo da aeronave. As memórias de voos são maravilhosas. Pude desfrutar de visões de campos e plantações formando uma colcha de retalhos em tons verdes e terrosos; de nuvens pairando calmas sobre o mar azul pontilhado de ilhas; de tons vermelhos e alaranjados fundindo-se aos azuis em inúmeros pôr do sol.

Meu espírito de *Fernão Capelo Gaivota* segue livre e solto, brindando a vida. Sinto que em minha existência, muitas vezes, não busquei as surpresas, elas vieram até mim.

Talvez, para algumas tenha esperado muito tempo, outras, aconteceram tão rápido, que me ensinaram a mentalizar, a ter fé, a reencontrar, renovar a confiança em D'us e no universo.

Como uma estudante atenta e interessada, vou trilhando meu caminho de oportunidades, celebrando e tecendo histórias com experiências vividas.

Um ciclo está terminando e muitos fatos importantes estão gravados, coração e mente. Alguns planos, tenho listado nos meses que antecederam ao meu desligamento da função de coordenadora de produto estampado.

Com calma e confiança escrevo-os no bloco de notas do celular, que com memória cheia e quase travando, guarda fotos e conversas que rechearam meus dias de aventuras e aprendizados. Não sei ainda que caminho vou seguir entre as opções, talvez até siga outra, que nem imaginei colocar em minha lista.

Pois a vida é assim, guarda segredos que vamos desvendando, sendo protagonistas e cúmplices nas realizações, instrumentos de uma força maior. Vamos lá, estou pronta para mais um capítulo da vida tão abençoada.

ZAIJIAN

Ou, até breve

So Ham

Out/2014 - China, Shanghai
Museu de Shanghai: visita obrigatória
nas passagens pela cidade, lindo

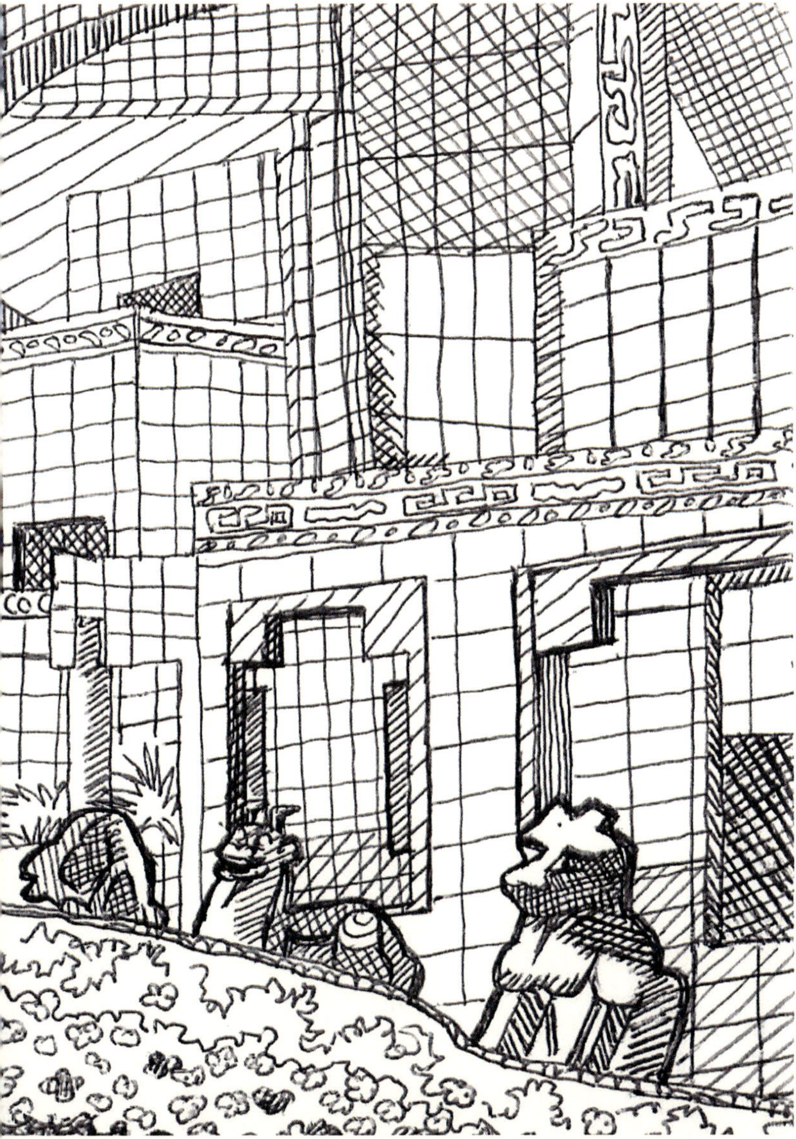

"Não há que ter vergonha
de preferir a felicidade."

Albert Camus

Ciclar e reciclar

Aprendendo a desacelerar.

Nesse recomeço, ando em direção ao reencontro. Ao meu ninho, meus filhos, minha família. Eles, em especial, foram os que mais sentiram a mudança. Opa, mãe em casa muda tudo: controla, cobra, conversa, concilia, quer e curte a mesa completa nas refeições.

Aprecio o momento, e o tempo voa ligeiro, dividido entre os afazeres de casa, administrando fechamento de empresa, contas, geladeira e o tempo pra mim, VIVAAAA!

Práticas matinais, e mais leituras para o aprofundamento delas, academia, aulas de francês finalmente, e trabalhos manuais.

Começo a compartilhar com mimã o cuidado com nossa mãe. Depois de anos, mimã reconquista um pouco de sua vida pessoal. Isso me deixa muito feliz, assim como amo estar com *mamys*. É um exercício de cuidar, ensinar/aprender, avaliar, agir. Inverter papéis, acalmar. Convivemos nossa vida toda com idosos, da infância à vida adulta, e somos gratos por todo o aprendizado que nos proporcionaram e seguem dividindo.

É uma benção podermos cuidar de pessoas tão especiais.

E no aconchego do lar, perto dos entes queridos, com muito carinho, alegria e amor.

Reencontro com minha essência, com minha história, caminhando e tecendo outras, com gratidão imensa.

Ago/2020 - Solarium
Cantinho do verde e do sol em nossas manhãs

Pequenos tesouros

28/02/2020 – A cada novo amanhecer sou grata pela vida. Por poder desfrutar de coisas simples, mas tão importantes, nesse momento, em especial.

Abro a janela e vejo um sabiá correndo no gramado, talvez à procura do café da manhã.

Faço a prática, fitando os galhos da pata de vaca, que se lançam em linha horizontal cruzando a vidraça. Fecho os olhos e os ruídos rotineiros vindos da cozinha e quartos sinalizam o início de um dia prazeroso.

Enquanto centro o pensamento na respiração e nos ásanas, Nicki, nossa fox paulistinha de 6 anos, se alonga ao meu lado em uma postura impecável!

Cachorro olhando para baixo (ou *adho mukha svanasana*), perfeito. Compartilhamos o tapetinho e a tranquilidade de ser quem somos e onde queremos, abençoadas.

Somos cúmplices na alegria de viver, da meditação aos passeios no parque, esquentando sob o sol ou refrescando embaixo das palmeiras. Como é reconfortante usufruir tudo isso, com tempo. Dar-se tempo.

Estou em namoro com meu agora, com o que construí em mim mesma, nesses anos que se passaram, com o que o tempo moldou em mim.

E com as experiências, que me transformam todos os dias.

Com os olhos sempre curiosos, busco realizar sonhos, sigo trilhando o semear esperança, regando dia após dia, aprendo que a colheita tem seu tempo.

Ago/2020 - Hora da prática, silenciosa
Yoga com Nicki

JUSSARA CORRÊA

Saberes

29/02/2020 – Acredito que coincidências não existem, tudo tem o momento certo para acontecer.

E quando a mente está focada, centrada, num meditar constante, o universo trabalha com D'us na realização.

Ficamos com o pensamento mais organizado, à medida que trabalhamos melhor a concentração, e nossa sensibilidade fica mais aguçada.

O que hoje vejo acontecendo na internet, para mim, nada mais é do que uma releitura da conexão da mente com D'us e o universo.

Os sinais visuais que nos sobressaltam pela parceria silenciosa com nossos pensamentos, são grata confirmação de que estamos no caminho e hora certos.

Coração em festa pelo aprendizado de cada dia.

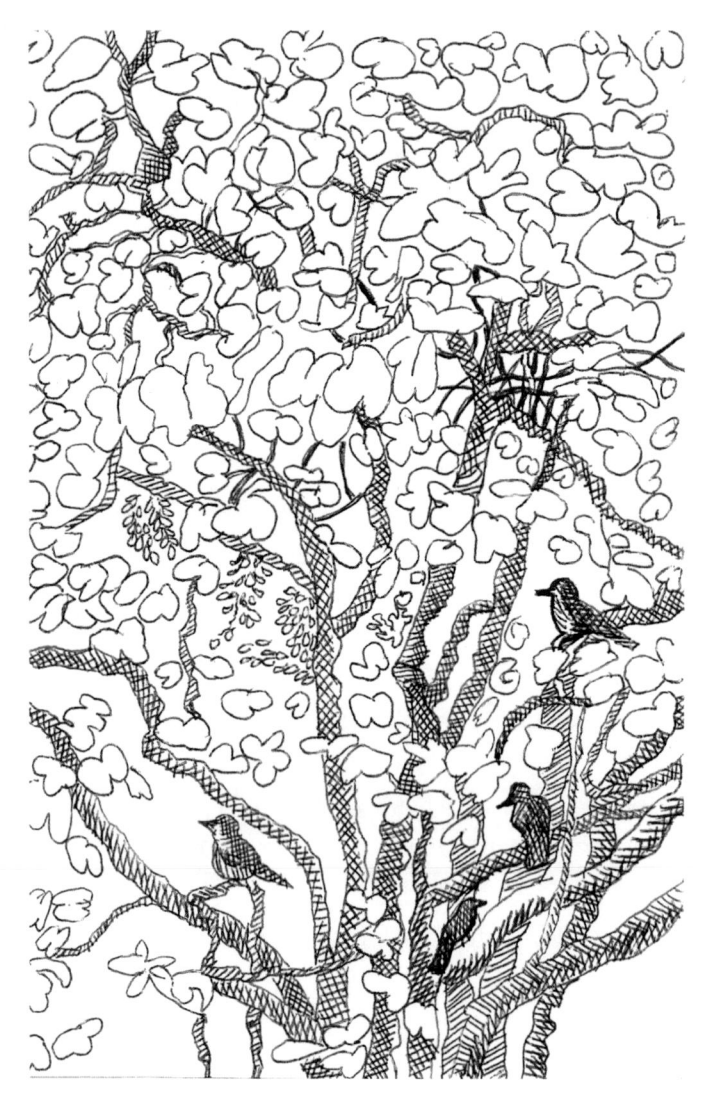

Mar/2021 - Brasil, São Paulo. Janela da quarentena 2   Pata de vaca, sabiás e bem te-vis no aconchego do lar. Gratidão

Esboços do caminho

08/03/2020 – Ligar os pontos de nossa vivência, tecer a trama, que é a história de uma vida.

Pensando nisso, parei e fiquei a lembrar da jornada. Dos desenhos da infância aos trabalhos de geometria com as projeções espaciais de objetos, na faculdade, nos desenhos pintados a guache e giz de cera sobre a transparência do papel vegetal.

Desenhos de fachadas e cortes transversais/ longitudinais, de chapas e peças detalhadas em desenhos técnicos, que transformaram minha letra cursiva numa eterna letra de forma, técnica.

O suporte do papel, para minha criatividade, foi substituído pelo tecido na estamparia, a coordenação de cores, as estampas localizadas e corridas, montando coleções e selecionando ideias.

Decidi mudar.

Uma pausa, nessa área, para que eu fosse estudar mais a fundo alguns fascinantes assuntos ligados à dermatologia e estética. Anos depois, voltei, supervisionando lojas, montando vitrines, vendendo e orientando equipes, voltando para a área de moda, até chegar às visitas em feiras e aos fornecedores chineses.

Pontos interligados, fases da vida, histórias e lugares pipocam como estrelas luminosas em minha mente.

Caminha a mente. Mente que não para, não cansa, quer aprender, conhecer, viver.

Descobrir, desvendar, voar.

Mente viajante, mochileira, instigante, passeadeira.

1975...1979 - Lembranças de vida
Ensino médio/faculdade, memórias em nanquim, guache, giz pastel

Pandemia

19/03/2020 – O mundo está paralisado. Um vírus assola o planeta, infectando e matando centenas de milhares de pessoas, em diferentes países.

Como surgiu? De quem é a culpa? Não importa, importa, sim, cuidar do outro, cuidando de si. Revisão e avaliação dos valores.

O isolamento imposto para barrar a propagação da epidemia no país, altera a rotina das pessoas, independente da classe social, raça, idade, crença. É um alerta uma chamada para o ser humano ressignificar a vida? Afastados da vida social e do convívio familiar, em muitos casos, pais têm que se separar dos filhos para o cuidado dos idosos, temos uma prova para testar nossa fé. Pessoas vão para as janelas orar, organizam e informam, previamente, pelas redes sociais.

Em outro momento, aplaudem os profissionais da saúde, que deixam lares e familiares, para uma jornada de trabalho exaustiva e estressante, na linha de frente, salvando vidas.

Também batem panelas em protesto a um governo inerte, trapalhão, que se omite no cuidado que deveria dedicar ao povo.

Jun/2020 - Nova folhagem chegando
Degradês de verdes enchendo os meus olhos

Isolamento

23/03/2020 – Sétimo dia de isolamento com minha mãe, apenas nós em sua casa. Algumas notícias são encorajadoras e o dia de sol e céu azul nos abastece de otimismo!

A prática diária de yoga e meditação me fortalecem e alguns exercícios físicos complementam o treinamento mente/corpo.

Os desafios são inúmeros e surgem quando não esperamos. Fortalecer o pensamento é o mantra para este período especial.

Dia de me desligar em parte das redes. Acúmulo de informações gerou um estresse que não posso ter. Outros dependem de mim, assim como tantos são a base vital para outros, e a cadeia de interdependência, assim, se multiplica. Temo pelos idosos que, assim como minha mãe, são os mais suscetíveis a contrair a doença. E essa vulnerabilidade assusta. Também estou no grupo de risco, mas minha preocupação é estar bem, física e mentalmente, para poder cuidar. Impedir que o desgaste do dia a dia me cubra os olhos para as coisas lindas e simples.

Como o sol, que hoje esquentou nossos corpos na varanda, a algazarra das maritacas pousadas no arvoredo, ao lado da janela, o aceno da vizinha idosa do prédio ao lado, que com as mãos em prece me cumprimenta alegremente, o atlético charmoso rapaz preto passeando com seu enorme cachorro branco esperto e brincalhão, que para e observa, na calçada em frente ao prédio, colorindo a manhã.

E o silêncio da noite, profundo, para nos embalar em um sono reparador e necessário, para mantermos a calma e desenvolvermos a fé.

Jul/2020 - Maritacas
O som da quarentena

Na paz do dia a dia

27/03/2020 – Acordo com a música do despertador no celular, suave e acolhedora. Agradeço por mais um dia, pela cama macia de lençóis perfumados. Pela proteção e privilégio de mais uma noite tranquila.

Minha mãe segue saudável, em meio ao crescimento do vírus em nossa cidade. O país se prepara para dias de alerta e cuidados extremos.

Hoje, cancelei a planejada viagem à Europa. Meu sonho de andar por ruas, *boulevards*, parques, museus, reencontrar amigos, foi adiado. Sem data prevista para remarcar. E sou grata por estar aqui, agora. Sei que é minha missão. Pulo da cama, faço minhas práticas e orações.

O sol aparece tímido, o ar ainda é fresco neste início da manhã. O manjericão o alecrim, a *ora pro nobis* (orai por nós, em latim), me acenam um bom dia enquanto aguardam a refrescante ducha matinal proporcionada pelo pequeno regador alçado ao seu encontro.

Enquanto me alongo no tapetinho, sinto a energia da natureza me alimentando em doses generosas. Ao final, deitada e de olhos fechados, imagens transbordam em minha mente: Hangzhou e o *West Lake*, Guanzhou e a *Canton Tower* com a vista da *Opera House*, ruas de Paris, St. Denis, Ponte Millenium em Londres.

No quarto, onde dormi durante seis anos na casa de minha mãe, agora estou desperta a relembrar meus caminhos até aqui. Vejo meus pés caminhando na Ramblas, em Barcelona, indo em direção a La Pedrera ou almoçando no La Boqueria; em Shanghai no *The Bund* em Puxi, namorando a vista de Pudong, na outra margem do rio Huangpu; nas ruas de Chiang Mai, onde pedalava de um templo a outro; nas pedras do calçamento de Ayutthaya ou percorrendo as barracas de *street food* em Bangkok. Deixo que elas venham, memórias que acalento, agradeço, deixo que vão.

E me invade o mantra aprendido há muitos anos atrás, me embalar: o *Shanti Path*, a invocação da paz!

Om Saha Naa Vavatu

Saha Nau Bhunaktu

Saha Viiryam Karavaa Vahai

Tejas Vinaa Vadhi Tamastu

Ma Vidvishaa Vahaihi

Om

Shanti Shanti Shanti

Om é a presença divina

Juntos estamos protegidos

Juntos estamos nutridos,

Teremos força

Juntos obtemos êxito,

Nossas energias juntas

Que não surjam mal-entendidos entre nós

Juntos compartilhemos os benefícios

Deste ensinamento

Paz. Paz. Paz.

Gratidão

Jul/2020 - Floreiras na varanda
Amigas da quarentena

Urbi Et Orbi

Minha alma caminhante busca nas memórias a liberdade perdida nesses dias de confinamento. Meu espírito andarilho visita amigos queridos, alguns solitários, outros acamados, muitos enviando mensagens de solidariedade, companheirismo e piadas, que surgem da surreal situação. Mesmo diante de um dos quadros mais tristes da pandemia, minha amiga da Itália, envia diariamente textos e *gifs*, que elevam o pensamento e nos fazem rir.

Vemos na TV um capítulo histórico: o Papa Francisco, em plena praça de São Pedro deserta. A benção *Urbi et Orbi* (em latim, Para a cidade - de Roma – e para o mundo), que é dada pelo Papa em apenas três ocasiões, é concedida em caráter excepcional neste 27 de março, devido à pandemia da Covid-19.

Tomadas pela emoção, minha mãe e eu assistimos à cerimônia profundamente consternadas, rezando pelos que se foram, pelos doentes em hospitais e abrigos superlotados, pelos médicos, enfermeiros e equipes que incansáveis se dedicam à preservação da vida!

As maritacas cortam o silêncio da tarde. Trazem vida, ao luto e pesar. Voam em bandos, fazem a balbúrdia no meio dos galhos bem em frente à nossa janela.

Cachorros latem numa conversa a respeito dos motivos de seus donos estarem, diariamente, em casa, sem sair, assim como muitos deles que ficam sem o passeio diário.

Uma brisa volta a balançar os galhos das árvores.

Vida.

Jul/2020 - Plátano
Mudando a roupagem nas estações da quarentena

Tão perto e tão longe

29/03/2020 – A quarentena nos faz descobrir habilidades adormecidas.

Com surpresa, me vejo cozinhando num ritmo que não conseguia até então, mas a situação pede e vemos que somos capazes!

A época é de descobertas, desafios, autoconhecimento. Almoço de domingo: peixe grelhado, algumas batatas de diferentes tipos, arroz, lentilha e uma bela salada.

Sempre achei a mesa brasileira muito rica e multicultural. Somos aficionados por uma guaca mole, uma salada grega, um *yakissoba, guioza*, rolinho primavera, tabule, humus, babaganuche, *pad thai, ratatouille, cassoulé*, chapati, samosa, massala, sem falar na pizza, macarronada, tiramissu.

Mil paladares e temperos em harmonia no nosso cotidiano. Dão ao corpo vitalidade e saúde, prazer e alegria. Hummmm, e agora a brisa trouxe o perfume do alho sendo frito em azeite, divino.

E de sobremesa, bananas em calda de açúcar mascavo, limão e cravo... *Et voilà, très délicieuse.*

A chuva que cai após duas semanas de seca é bem-vinda.

Após o almoço, nos esticamos nos sofás a apreciar a dança das gotas, que caem em ondas ao sabor do vento forte. O chá aquece minhas mãos e coração: combino gengibre, limão, cravo e mel. Ele dá energia nos dias mais frios e incertos. E lembra um chá que costumava tomar em Shanghai, feito lá com adição de *grapefruit* e um ramo de alecrim.

Sei que somos afortunadas, muitos não têm e não podem aproveitar.

Coisas básicas, simples, mas essenciais a todos.

Rezamos.

Somos gratas.

Nov/2018 - Shanghai, Xintiandi
Chá que aquece a alma

JUSSARA CORRÊA

Ausências

05/04/2020 – Hoje o sol veio para desmentir a previsão de tempo frio e nublado. Bem-vindo.

Acredito que veio comemorar conosco o aniversário de meu filho. Alegria e vontade de abraçá-lo muito, o que não podemos ainda.

Estou a duas quadras de casa, onde ele está. Nossa comemoração, juntos, será após essa fase.

Gratidão e alegria por sua vida na minha.

Nos vemos por vídeo, tentando abrandar a saudade, que vai apertando mais a cada dia. Recebo notícias de meu amigo monge Rose, entrando também na quarentena de forma radical, com o fechamento de aeroportos no país e a proibição do deslocamento, por ônibus, entre as cidades.

Ele está em Phuket, longe de sua casa no noroeste do país, e permanecerá lá por tempo indeterminado. Envia uma benção, um mantra para comemorar a data de meu filho neste dia especial, e proteger todos.

Felicidade.

Set/2017 - Tailândia, Phuket
Big Buda Temple

Lembranças gustativas

08/04/2020 – Virada no tempo, manhã nublada, vento frio e a garoa, por vezes, vem molhar as folhagens, que dançam na janela do quarto, onde faço a prática. Exige cuidado redobrado com a saúde. Com a alimentação, em especial. Em nosso almoço hoje temos batata doce. Delícia do tempo da vovó, assada na lareira de Campos do Jordão, ou transformada em maravilhoso marrom glacê, manjar dos deuses, na sua casa em Santos, onde moramos juntas.

Lembro, agora, de um dia na China, em que havia ido, com uma amiga, a um passeio em uma montanha altíssima, a uma hora e meia de Keqiao. Subíamos a pé, depois em um teleférico, continuávamos a pé, e o tempo nublado nos dava a impressão de estarmos soltas no céu, caminhando nas nuvens. Frio, garoa, névoa, cascatas cortando o caminho sinuoso, contornando as montanhas, levando a cavernas e túneis abertos na rocha, de uma beleza e mistério extraordinários.

Depois de algumas horas nesse cenário mágico voltamos ao ponto de partida. Ali, dezenas de ambulantes com braseiros e panelas rudimentares, nos vendiam batatas doces em saquinhos, ainda quentes.

Não esqueço o sabor do momento: o calor do alimento esquentando corpo e alma, a doçura natural de viver em simplicidade.

Nos preparamos para voltar a Keqiao, ainda sob a névoa e garoa fina, no final da tarde. O leve balanço do ônibus, pelo tapete da estrada, muito bem conservada, e com vegetação farta nos canteiros e margens, dão sono. As sensações do passeio ficam na mente adormecida, brincando com meus sonhos.

Sonhos não imaginados, possíveis, presentes do universo.

2011...2018 - Lembranças de viagem
Chapéus da China e Tailândia

Celebrar a vida

12/04/2020 – Páscoa.

Isolamento e comemoração à distância, com família e amigos. Mensagens, áudios, ligações aos personagens queridos, algumas completadas, outras não, o que faz a saudade ficar guardada, ainda, num cantinho do coração. Amor que não se mede, e a saudade de estar perto dos filhos. Só **estar** já bastaria.

Sol na varanda, água nas plantas, meditar, cuidar, agradecer. A casa, o alimento, a saúde, o amor, a fé! A vinda do amor e o aprender a conviver com esse sentimento, habitam em mim.

As formas, as cores, a intensidade, as memórias vivas tatuadas em meu caminhar. Amar pelo simples sentimento existente em meu ser, que não é tão simples assim. Amor que surge nas linhas de um texto sobre estar presente, no aqui e agora.

Que escorre o mantra de todo dia:

Entrego

Confio

Aceito

Agradeço

Meu dia da Páscoa de isolamento vai terminando, mas ligada ainda, recebo mensagem de um amigo congonês, que mora aqui na cidade, sobre fé inabalável. Ele, que está desempregado há alguns meses, permanece forte e confiante, sendo exemplo de fé em cada dia, um de cada vez. Confortante, confirmadora.

Estarmos aqui juntas hoje, minha mãe e eu, é o melhor presente.

Gratidão pela Vida! Por compartilhar momentos com pessoas que são importantes em nossa história. Que nos ensinam com pequenos gestos.

Deitada, com a luz apagada, sinto a mão de um Anjo segurar as minhas e eu a seguro, entre elas.

Amo você.

Para sempre.

Jun/2020 - Janela da quarentena
Natureza e vizinhos em comunhão

Notícias da Ásia

17/04/2020 – Meu amigo coreano envia mensagem de esperança em dias melhores, mais saudáveis!

Na Coreia do Sul a vida vai retornando aos poucos à normalidade, controlada. Ótimas novidades, com todos retomando a vida, trilhando novos caminhos, por vezes tão sonhados.

Quando lá estive no ano passado senti a gentileza com os estrangeiros. A curiosidade e o amor pelo Brasil são perceptíveis, quando converso com os nativos de todos os países que visitei, sem exceção!

Viajo imaginando como estará hoje o DDP (*Dongdaemun Design Plaza* ou, como é mais conhecido, Dream Design Play), projeto arquitetônico de Zaha Hadid. Suas salas de exposições, espaços para conferências, shows e outros eventos, além de *lab design* (dedicado a jovens criadores locais e internacionais) e o *design market*, espaço que combina cultura, experiências e shopping.

Quando estive lá, o movimento era intenso em todos os níveis: difícil para ver as porcelanas de séculos passados em meio a tantas cabeças e celulares registrando detalhes; circulando pelas rampas externas ligando os módulos; no Cafe de Fessonia em que design, arquitetura e boa cozinha se harmonizam, com direito a um cantinho saudosista composto por sacas com a etiqueta 'Café do Brasil', empilhadas estrategicamente ao lado de tradicionais moedores.

Penso no alegre bairro dos grafiteiros, Ihwa, saindo do isolamento, já tão isolado no alto da montanha e tão habitado por inúmeros personagens em seus muros.

E a vista panorâmica de Seoul, saboreada com um chá de *grapefruit* e mel, pela janela do pequeno café-bar, onde o sol se despedia. Nem parecia que na chegada, enquanto fotografava alguns trabalhos na entrada da vila, havia nevado súbita e rapidamente.

O vento gelado levou as nuvens e os flocos, deixando surgir um céu azul e um fim de tarde apaixonante. As árvores nas calçadas exibiam suas flores amarelas contrastantes com o verde dos pinheiros e plátanos. Paisagem familiar.

E no estúdio *Bobart* completo esse passeio, com as divertidas caricaturas que hoje aprecio na parede como uma feliz lembrança.

Aperitivos no *Nuerine*, ao som de *Steely Dan*, e uma cerveja *pale* deliciosa no *Big Phanton*, encerram a noite, com *Forbidden Colours*, me surpreendendo como trilha sonora, de uma declaração de amor do meu amigo ao Brasil e aos amigos brasileiros! Saudades de Seoul, dois dias de intensa programação.

Tudo perfeito: cerejeiras no palácio Deoksugung, *waffle* com creme fresco, morangos e *blueberry* no Limburg Waffle, regado sempre ao chá de *grapefruit* e aqui um simpático e charmoso atendente!

Uma viagem que aconteceu sem nada planejado.

Só minha antiga vontade e intenção de um dia ir até lá, lançada ao universo e se materializando. Mô, há um tempo, também me deu um empurrão.

Hoje, da China recebo de um amigo uma caixa com máscaras descartáveis, preocupado com nossa saúde e proteção.

Amigos queridos, de olhos puxados e corações dilatados.

Como não ser grata por tudo?

Gratidão imensa.

Mar/2019 - Coreia do Sul, Seoul
Ihwa, bairro dos graffitis

Mais uma ótima notícia

28/04/2020 – Reflexos positivos do isolamento no meio ambiente: com turismo em baixa, golfinhos aproximam-se de barco de pescadores, na Tailândia.

Circulou hoje nas redes sociais o vídeo de vários golfinhos cor-de-rosa acompanhando alegremente a embarcação na costa da ilha de Koh Pha Ngan. Eles são de uma espécie rara, em risco de extinção. Com o baixo fluxo de lanchas lotadas de turistas, que usualmente cortam as águas em *tours* pelas ilhas, sentem-se à vontade para nadar e interagir com os nativos, que circulam nas poucas embarcações pelas águas límpidas e mais verdes.

Fico feliz e encantada com a cena e meu pensamento mergulha nas aventuras vividas por aqueles mares de infinitos verdes e azuis!

Sentir-se parte daquele habitat, convivendo com emoções. Carinho, amizade, gratidão, pertencimento, renascimento, proteçãO, amOr, retOrnO.

Meu quarto de hotel, nas cidades, logo transformava-se no lugar reservado aos meus projetos e aconchego, longe de casa. Planejava os passeios estudando os folders, coletados no saguão de entrada, ou pelos caminhos rodados durante o dia.

Li num blog que "viajar para a Tailândia significa vivenciar os sentimentos de felicidade e tranquilidade em seus estados mais puros". VERDADE ABSOLUTA, concordo. E continua: "a Terra dos sorrisos, como o país é conhecido, é guiada de acordo com o lema budista: *sanuk sabai e saduak* (seja feliz, fique tranquilo e contente-se com aquilo que a vida te oferece".

A natureza é maravilhosa, próxima ao mar ou em meio às montanhas. Sinto mesmo D'us mais perto, não só dentro dos inúmeros templos, mas nas ruas, nos passos pelas calçadas e areias de Phuket ou ruas arborizadas e de terra batida em Chiang Mai; na agitação dos *tuk tuks* em Bangkok, nos detalhes da construção e pinturas do Grand Palace, no interior de templos com influências chinesa e portuguesa em sua arquitetura, ou aos pés da árvore com raízes que acalentam a cabeça de Buda em Ayuttaya e suas históricas ruínas.

Em Phuket, no Big Buda, do alto da escadaria na montanha vejo a imensidão do mar aturquesado de uma parte da cidade que, aos pés do templo, reverencia seu D'us maior.

Convivo com a alegria, a religiosidade e o prazer pela vida que se traduzem no cumprimento sempre oferecido pelos nativos como uma benção: *sàwàddee ká*.

E a comunhão com todos os seres.

Quem sabe meu amigo Samuel, o sirizinho que assim batizei e que cavou seu esconderijo junto a mim, em Patong, tenha encontrado e pegado carona com esse grupo raro de golfinhos e esteja se divertindo pelas correntes geladas que deslizam nas profundezas do mar de Andaman.

Out/2019 - Tailândia
Sàwàdee ká, o gesto símbolo do país

Beijing

02/05/2020 - Dia de jardinagem: afofar a terra dos vasos, limpar das folhas secas, remanejar lugares, sentir o perfume da terra úmida após a rega. E o sol aquecendo e energizando o corpo em mais um dia de outono.

A árvore na calçada, já troca sua roupagem: as folhas douradas da semana passada tornaram-se marrons e saem voando com a brisa que balança os galhos. Hoje tem Genesis, pra ver na internet: uma histórica apresentação no estádio de Wembley, Londres, em 1987, completamente lotado. Essa foi uma das bandas que me marcaram, trilha sonora de fases com muitos obstáculos. A música consegue nos pegar no colo nesses momentos, nos jogar para o alto e empurrar para a frente! E tornam-se parte importante em nossas vidas.

Conseguimos por vezes visualizar a cena da época em que ouvíamos determinadas músicas. E reviver as sensações passadas. E transformá-las, dando à melodia ouvida hoje, cores e sentimentos novos. Frutos de lições, aprendizados, avanços e retrocessos.

E sonhos ainda a realizar, por que não? Se a vida começa aos 60, como diz o ditado, estou na primeira infância, embalada por cantigas de ninar e sonhando com anjos! O meu anjo da guarda, em especial, toda noite canta suavemente em meus ouvidos. Me guiando e preparando para um alegre despertar. À noite, outras lives balançam as redes sociais e outras mídias. Vejo show no celular e percebo que na TV passa um documentário sobre a muralha da China.

Com uma reconstituição histórica belíssima, mostra a reconstrução, após os conflitos com mongóis e manchus. A narrativa ainda dá umas pinceladas sobre a Cidade Proibida e o Templo do Céu. Estive nesse templo em um domingo de Páscoa, em 2013. Está situado dentro de um parque com outras atrações interessantes, como o altar circular. No centro dele, o barulho que fazemos é amplificado e sua construção é baseada no número 9 e seus múltiplos, intrigante. O som ambiente em todo o parque vem de caixas de som embutidas em pequenas pedras *fakes,* depois de muito tempo procurando descobri.

O Templo do Céu estava fechado à visitação; somente através das janelas podíamos observar as pinturas em seu interior. Lindas, como as que também observei, demoradamente, em sua parte externa, em azul, vermelho, verde, amarelo. Várias trilhas cruzam o parque, pelo meio de árvores que abrigavam pássaros habituados ao movimento. Um oásis, lugar tranquilo em meio ao efervescente caldeirão, de uma das cidades mais populosas da China.

Foram poucos dias que estive em Beijing, cidade com lugares misteriosos, mágicos e cheios de histórias, que conheci nas poucas horas de folga do trabalho.

O caminho para a Muralha passa por vilarejos à beira de uma estrada estreita empoeirada, de mão dupla. De chegada, na base da montanha, onde pegaríamos o funicular para subir ao ponto de visita, diversos comerciantes expõem seus produtos de rara beleza. Tecidos pintados à mão, porcelanas, vidros com minúsculos desenhos cuidadosamente pincelados em seu interior, miniaturas de madeira, pedra, metal. Em alguns locais podemos observar o artista desenvolvendo sua obra, com a precisão e paciência oriental tão falada no ocidente.

Me detenho no pintor de miniaturas dentro de vidros: traços minúsculos que vão compondo uma cena de rua movimentada, com várias pessoas circulando em diferentes trajes tradicionais. Incrível, meus olhos caíram de paixão em um deles, bem pequeno e outra vez não resisti. Hoje é uma das peças que, em casa, me levam a viajar.

Como o que Sara, uma chinesa pequenina e graciosa, atendente do restaurante indiano do hotel, me proporcionou. Deu-me três cordões de cetim amarrados com um nó, com as pontas caídas. Disse que era uma lembrança sagrada, que havia recebido de um monge há algum tempo.

Durante esses anos todos carreguei-o em minha bolsinha de proteções, com os santos, divindades, terço, japamala, esperando a próxima decolagem.

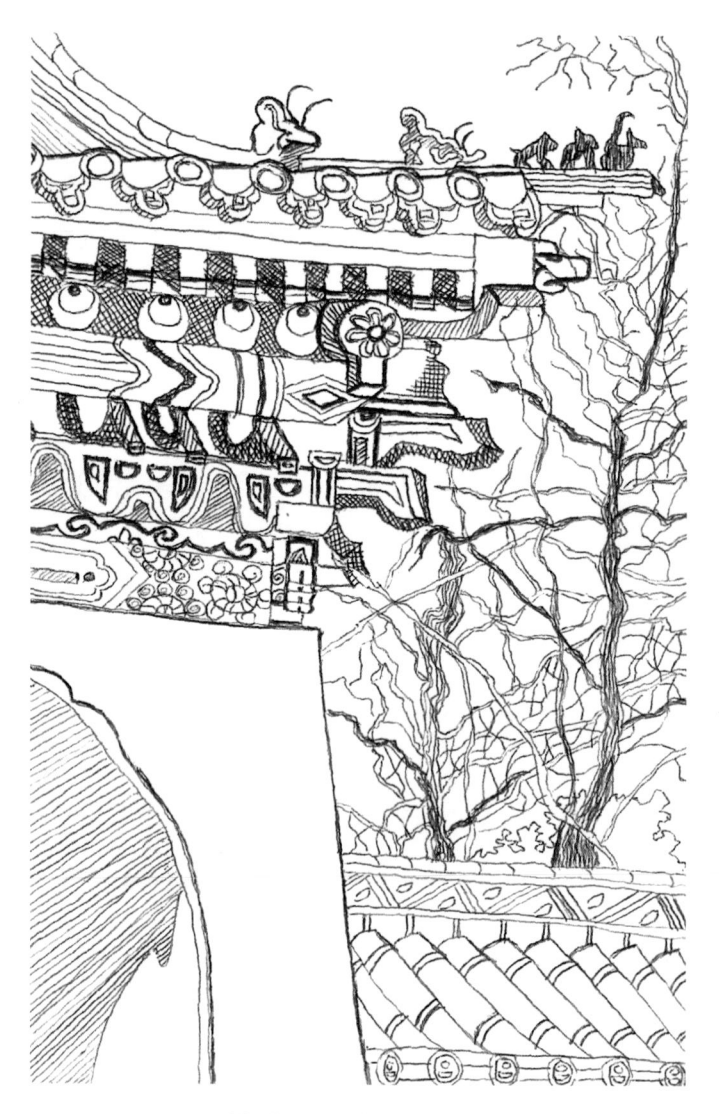

Mar/ 2013 - China, Beijing
Templo do Céu: infinitos detalhes e desenhos que enchem os olhos

Sonho adiado

28/05/2020 – Na semana que vem será divulgada a orientação para abertura parcial do comércio no Estado. A capital tem medidas ainda restritivas, o que não acontece em outras cidades, onde a liberação é maior.

Nada definido sobre a data do efetivo funcionamento de alguns setores. Os dias estão mais frios, ensolarados, com céu azul. sim, típicos dias de outono quando nunca podemos dispensar os casacos. Só debaixo do sol.

Aproveitamos o sol da manhã, que todos os dias acaricia as plantas no terraço e nos dá calor e energia para mais uma jornada.

Amanhã seria meu voo para Paris: sonho cancelado, adiado, mas jamais esquecido. Sinto que o realizarei no momento certo. Como foi tudo em minha vida até hoje, no decorrer do caminho, mostrado e aprendido. Sigo nas aulas *on line*, intercaladas nas folgas das entregas de mercado (e as intermináveis higienizações), serviços de casa, cuidados com *mamys*, mensagens e chamadas de vídeo de família e amigos. Nas lições da quarentena vou treinando o corpo, a mente, o cérebro ao memorizar posturas, leituras, a estar atenta e presente.

Posto numa rede social um vídeo de Paris, que um amigo me enviou há meses: uma visão do rio Sena, com a Torre Eiffel, ao fundo, e seu canhão de luz girando, iluminando a noite da cidade. Saudades, aceitação, sou grata por estar aqui num momento difícil para todos.

Longe, mas perto dos meus filhos e família é uma benção. E com saúde, desempenhando meu papel na missão, que me foi confiada para esse período.

Gratidão

Entrego

Confio

Aceito

Agradeço

Jun/2010 - França, Paris
Cores da primavera, na 1ª viagem ao exterior

JUSSARA CORRÊA

Caminhar juntos

30/05/2020 – O domingo é marcado por manifestações de rua: grupos com voz pela democracia de um lado e simpatizantes do atual governo de outro, encontram-se e enfrentam-se, com a intervenção final da polícia.

Como se não bastasse a pandemia que nos atinge impiedosamente (hoje somos o segundo país em número de mortos e infectados), seguimos desgovernados, com atos que revoltam e explodem em capítulos de uma realidade surreal.

A morte de um homem negro (ou seria mais correto dizer preto? O debate a respeito corre solto), por um policial branco nos Estados Unidos, é o estopim para outros protestos em várias partes do mundo.

Em 02/06, o chamado para um ato nas ruas de Paris, em memória a outro negro, também morto por policial, em 2016, ecoa em outras cidades de diversos países. Nas redes sociais, a postagem de uma tela preta simboliza a adesão e a solidariedade na luta contra o racismo no planeta. Há tempos lutamos silenciosamente, hoje explodiu.

Temos todos a mesma cor, a mesma aspiração ideológica, viver em harmonia num mundo mais justo, democrático, de igualdade e respeito entre todos os seres.

Ser(mos) mais humanos. Aprender com as crises, com as injustiças, com os desafios à nossa sanidade (ou insanidade). E falar, agir, participar, integrar, interagir. Não há mais espaço para ideias separatistas, preconceituosas em uma época de tanto desenvolvimento (será?). Não podemos esquecer de trabalhar, estudar, burilar nosso eu, treinar nossos pensamentos para gerarmos atitudes mais compassivas, usar a mente para nos transformar.

Um grande movimento no mundo está em ebulição. Fim às discriminações. Todas. De raça, religião, opção sexual, ideias. E basta às atitudes grotescas de setores da sociedade, em nome da ordem e segurança pública. Paris, Minesota, São Paulo, Amsterdã, Brasília, Londres, os protestos estão pulverizados mundo afora e persistem após uma semana do seu início.

Estampada em máscaras, faixas, bandeiras, asfalto, a frase que entra para a história:

BLACK LIVES MATTER
VIDAS NEGRAS IMPORTAM

E lembrando de todos os preconceitos e desrespeitos à vida, completo:

TODAS AS VIDAS IMPORTAM

Yin/Yang
Conexão de opostos, equilíbrio, harmonia

Pequenos lampejos de vida

08/06/2020 – O café da manhã, um prato com frutas deliciosas, teve um gosto mais especial hoje: sentada na porta do terraço, vejo um pequeno pássaro se aproximar, beijar algumas flores, pousar por segundos na haste de uma planta. Um delicado e gracioso beija-flor? Veio e foi tão ligeiro, que nem deu tempo de me apresentar.

Como é delicioso o ar fresco das manhãs em que dividimos o tempo com a natureza. Ou melhor dizendo, em que comungamos o tempo, o momento, o espaço. Ter a atenção plena no que acontece aqui e agora.

O poder do tempo presente, raiz do futuro. Meditar, relaxar, se doar. Sem sair há quase 90 dias, bombardeadas com notícias nada animadoras, é um treinamento para mantermos nossa positividade. Nossos livros de cabeceira dão conta disso: contos orientais, meditações, autoajuda, caminho zen, autoconhecimento.

O silêncio da sala, onde recomeço a escrever, é quebrado pelo som da batida do metal na madeira de alguém passando na rua. Esse som conheço da infância, traz memórias boas, alegres, acalentadoras.

Corro até a janela e ainda consigo vê-lo: o vendedor de biju, aquele biscoito em forma de tubo de massa finíssima e crocante, delicado e saboroso.

Fiz sinal, assobiei, mas ele não me viu nem ouviu, fiquei na vontade de adoçar nossa tarde fria de domingo.

Quem sabe amanhã, quando ouvir o bate-bate, pulo e grito.

E ele olhará para a janela, abrirá um largo sorriso nos olhos, já que estará de máscara, e virá trazer pacotes de recordações.

Desejo que sim.

Mar/2021 - Brasil, São Paulo
Tranquilidade no lar, paz e amor. Gratidão, proteção, confiança

Diversidade

18/06/2020 – Os dias voam e já são agora 90, sem sair de casa! Ainda assim, os pés não param pra lá e pra cá nas atividades de rotina. Acredito que sentem falta das maratonas em que me levavam para descobrir lugares, visitar pessoas, alcançar objetivos, tocar o mundo. Sentir a terra, a grama, a areia, os musgos úmidos, o mar, o rio, a cachoeira, as pedras escorregadias, as conchas, os corais, os seixos. Neste momento o que mais gostariam é estarem soltos. Perambulando...

23/06/2020 – Uma tristeza bateu em minha porta hoje e escorreu pelos meus olhos. Não a chamei, e mesmo assim chegou avassaladora, me despiu da roupa da tranquilidade/ força/ fé/ competência/ "zenzismo" e compreensão no momento em que meditava, rezava, cantava para a Terra.

O que foi? O que se passa? Por que estou com esse sentimento? Tudo está bem, não há motivo, não é certo sentir isso. Converso comigo mesma. O soar de uma sirene de ambulância parece responder aos meus questionamentos. Mesmo aqui trancada, protegida e beneficiada pelo que tenho em mãos, não é possível estar insensível aos outros que não têm tantos recursos, que estão nos hospitais, que sofrem pelas perdas.

Para minha surpresa, vejo no celular inúmeras mensagens de amigos distantes perguntando se está tudo bem, pois viram as notícias sobre o vírus no país.

Da Índia, da China e da França recebo palavras de conforto e amizade, carinho que me estende a mão para levantar e seguir confiante, agradecida, abraçada. Abraço a Terra, envio amor aos povos, à natureza e sinto retorno.

SOMOS TODOS UM

Entrego

Confio

Aceito

Agradeço

SO HAM

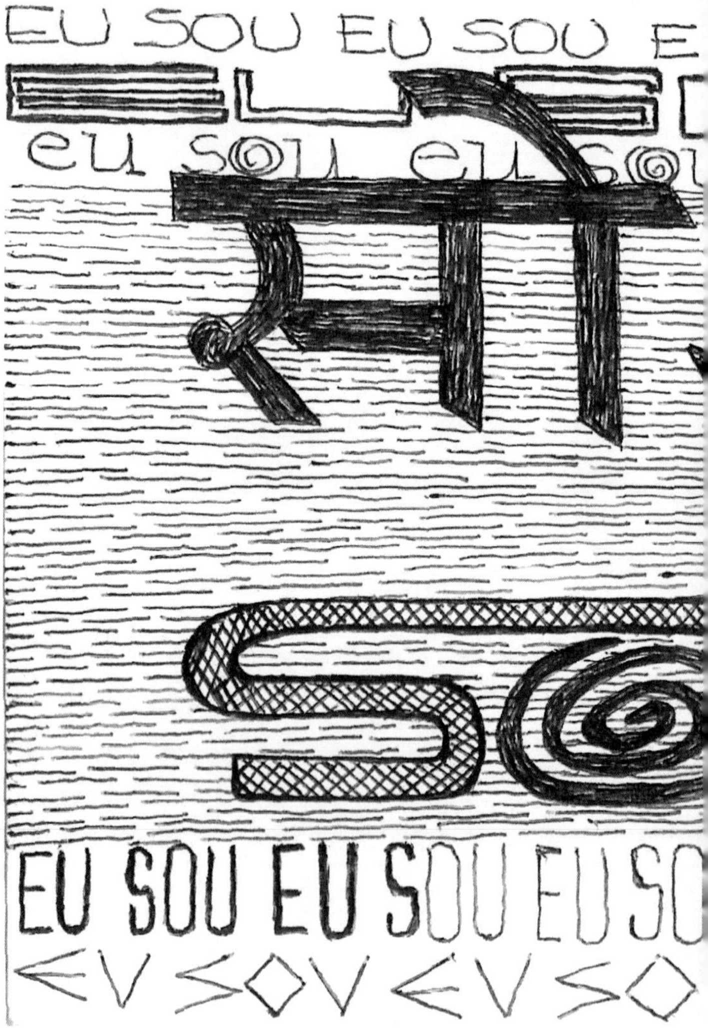
EU SOU EU SOU E
eu sou eu sou
EU SOU EU SOU EU SO
EV SOV EV SO

SO HAM, EU SOU
Meditação, confiança, energia

JUSSARA CORRÊA

Chá e chorões

04/07/2020 – A água fervia, enquanto colocava as folhas de hortelã da nossa horta, para o chá da manhã. O sol vai chegando no terraço; me acomodo na cadeira para compartilhar com as plantas os benefícios de sua luz. O chá aquece minhas mãos e se alia ao sol proporcionando bem-estar.

Do alto, uma folha cai no meu colo, suavemente. Recordo-me da plantação de chá que visitei em Changxing, onde as folhas ensaiavam um ballet, nas árvores dispostas tal qual num tabuleiro de xadrez verde escuro. Senhoras com cestos de palha colhiam cuidadosamente as folhas 'maduras', que ficariam expostas em grandes peneiras secando ao ar livre. A paisagem ao longo das estradas, e nos trajetos dos trens-bala, que cortam a China, se alterna além do chá, lavouras de arroz e canola.

Tecendo uma colcha recortada por caminhos estreitos, pontilhados com algumas hortas e construções encimadas por adornos em forma de esferas, que em nada lembravam as tradicionais casas que via nas pinturas.

Nas imediações de Keqiao, naquele dia que pedalei com Jerry, ele me levou a um bairro que conserva essa arquitetura antiga, com casas e sobrados muito alvos em contraste com o telhado negro e o azul do céu de inverno.

Em algumas paredes externas, pinturas de cenas cotidianas decoravam com graça e simplicidade os lares do vilarejo.

Um riacho cortava as ruas sombreadas pelos chorões, com galhos que desciam até às suas águas, se banhando.

Emolduravam telhados, cercas e meus pensamentos.

Gratidão.

Nov/2018 - China, Changxing
Plantações de chá nas montanhas

JUSSARA CORRÊA

Atenção plena

10/07/2020 – Comecei o dia recebendo um presente *on line*: uma frase sobre amizade dedicada a mim. Meu amigo postou:

> *"True friends are like stars;*
> *You can only recognise them*
> *When it's dark around you."*
> *Bob Marley*

Amizades verdadeiras atravessam oceanos, estradas, voam de um continente a outro, não se perdem no tempo. Atitudes simples e singelas fortalecem laços de confiança, companheirismo e cumplicidade.

Às vezes, pensamos que fomos esquecidos, deletados, substituídos, em relacionamentos que são tão especiais para nós. Vem o medo, a dúvida, a insegurança e outros sentimentos com o objetivo de nos entristecer, desmerecer, criticar, criar a dúvida.

Sofremos por antecipação por algo que não aconteceu; só elaboramos a história e o drama em nossa mente.

E aí sinto a presença de meu anjo da guarda, alertando sobre as armadilhas da mente, vem, sussurra palavras e me leva à presença, a não alimentar as vozes da mente. Cuidar do alimento que dou à mente. Ter atenção plena!

"A mente, mente!", dizia o querido professor Hermógenes.

Vamos focar no amor, na gratidão, no respeito às diferenças de cada um, às ideologias. Em como cada um expressa seus sentimentos e sua forma de ser. Respeito mútuo e aprendizados. Tantos mal-entendidos podem ser evitados se praticarmos essa simples maneira de viver. Sim, simplicidade é tudo na vida. Apreciar cada detalhe sem questionamentos, sem ansiedade por esperar algo vir. Estar presente no momento, no agora, e simplesmente amar, sem nada exigir.

Pelo simples fato de sentir a felicidade dentro de si, por ter esse sentimento único e desapegado em sua essência.

É isso, amar a vida como é.

Entrego

Confio

Aceito

Agradeço

So Ham mil vezes

E agradecendo a todos os amigos com quem criei laços pelo mundo, e em especial ao meu anjo da guarda de todos os momentos, ratifico a frase de Bob Marley:

"Amigos verdadeiros são como estrelas; você só pode reconhecê-los quando está escuro à sua volta".

Mar/2019 - Coreia do Sul, Seoul
Ihwa, bairro dos graffitis: meu anjo sempre comigo

Dualidades

19/07/2020 – Sol de domingo, céu azul, maritacas agitadas felizes de um ponto a outro na maior alegria. A felicidade inunda meu peito, meu ser, antes mesmo de me levantar. Gratidão por mais um dia, pela saúde de todos que amo, por mim, pelo planeta.

Sigo em meus cuidados matinais: práticas de yoga e meditação, sol, suco de frutas e grãos, alimentos para o corpo e a alma. Ritual diário, sagrado!

Os ensinamentos sobre cura, atenção (*mindfullness*), autoconhecimento, vão caminhando em harmonia com a cultura indiana, os deuses e deusas, rituais, símbolos, alimentação. Sinto algo mudando em mim, e me alegro, pois sou aberta ao novo, a transformações, ao movimento.

A rotina e a disciplina com tarefas que me fazem bem, fornecem energia a cada dia. E as conexões se estreitam, tornam-se mais rápidas e amorosas. O amor que habita em mim inunda e transborda. Que alegria. Simplesmente amar. A leitura sobre os deuses hindus e suas consortes é deliciosa! As imagens, e os significados dos elementos que as compõem, são ricas de cores e pormenores. Vejo a flor de lótus presente em muitas das pinturas.

A simbologia da dualidade que essa flor representa é linda: ela nasce no lodo e produz flores de pétalas brancas e rosas. Sinônimo da convivência entre os opostos, da interação do masculino com o feminino, do quente e do frio, do claro e escuro.

Amo a lótus desde a primeira vez que a vi na China, no *West Lake*, em Hangzhou!

E me emocionou, quando a peguei e segui o ritual de oração no templo do Buda de Esmeralda, o *Wat Phra Kaew*, no Grand Palace, em Bangkok. Ele é um dos muitos templos que se espremem dentro da grande área delimitada por muros altos e alvos ornados com canteiros verdes.

Na saída do templo, escolhíamos um dos vários botões de lótus que estavam em uma bandeja. Molhei na água benta e o pousei sobre minha cabeça, orei, agradeci e o recoloquei na bandeja para outro visitante o utilizar.

PAZ

O sol e o calor de quase 40° não me venceram. Ainda que dentro de um vestido indiano, de mangas compridas (presente de minha irmã para a viagem dos sonhos), percorri todo o espaço apreciando os inúmeros detalhes.

Derretendo, mas em êxtase!

Deusas, anjos e símbolos de fé convivem conosco todo o tempo. Mesmo que não estejamos atentos, eles estão lá.

Estão aqui.

Sinto, rezo e agradeço.

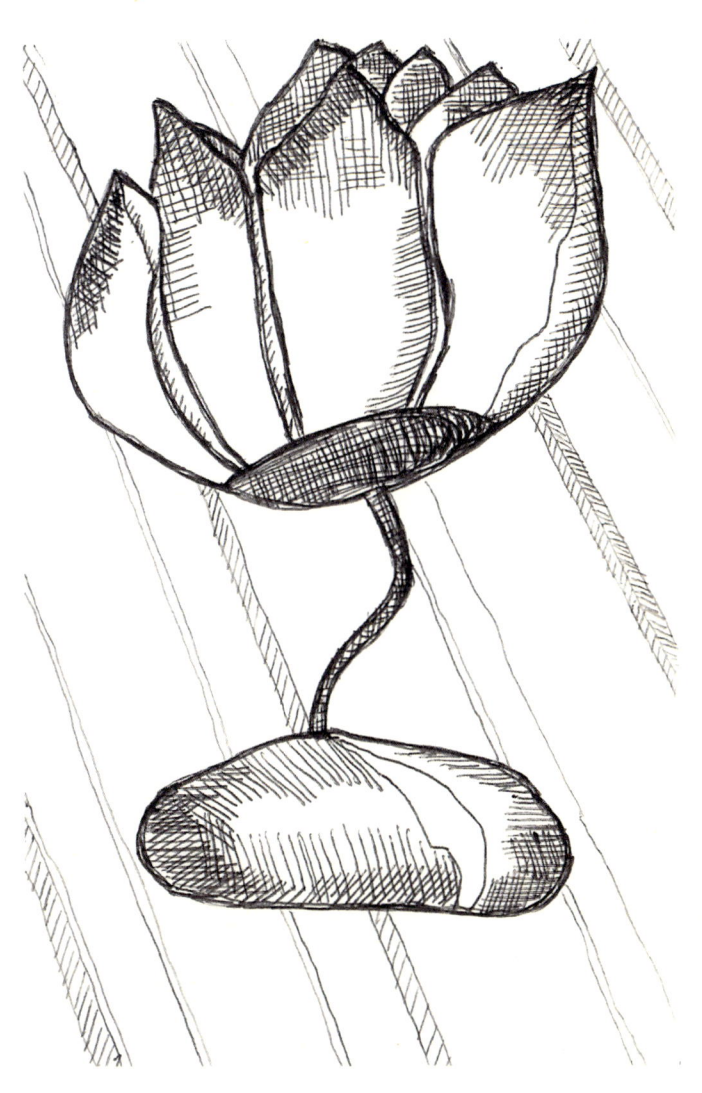

2011, 2012...2019 - Lembranças de viagem
Bodhi Tree, à luz de delícias vegetarianas, em Keqiao, China

Confiança

"EU ESCOLHO A ALEGRIA, EU ESCOLHO O AMOR, EU ESCOLHO O PERDÃO..."

Tudo o que preciso vem no momento certo. Tudo que é meu vem.

Os relacionamentos vêm e vão, remodelados, mais maduros e muitas vezes com maior suavidade. Na tênue linha entre a convivência pacífica e o enfrentamento de sentimentos existem fibras que se desfazem, causam quebras.

Invoca-se o perdão, busca-se o entendimento, partem-se os corações. Pequenos gestos e atitudes podem causar um tornado avassalador em poucos minutos.

Onde foi que eu errei?

É a pergunta que soa como uma sirene indicando perigo iminente. Espere vinte e quatro horas antes de responder a alguém, que foi magoado ou o magoou, ofendeu ou foi ofendido, traiu ou foi traído em sua confiança. Porque as palavras ditas não podem ser recolhidas ou apagadas. Ferem e demoram a curar. Destroem relações que pareciam sólidas, desfazem laços que se julgavam eternos.

E na sombra das emoções retalhadas e arranhadas, é necessário ter o olhar confiante e tenaz daquele que acredita na transformação após a destruição.

E a Era de Shiva, que se aproxima, para marcar um novo começo, transformar, me coloca no lugar presente.

Sinto muito.

Me perdoe.

Te amo.

Agradeço.

SO HAM MIL VEZES

Out/2018 - Tailândia, Ayutthaya. Contemplação em meio às ruínas

Ensinamentos

01/08/2020 – Acordo para mais um dia de inverno. Feliz, descansada, agradecida pelas oportunidades, que um novo dia traz. Pela saúde, de simplesmente, sentir a respiração tranquila, de caminhar pela casa abrindo portas e janelas, deixando a luz entrar.

Já perdi a conta dos dias que estamos em isolamento. Entretanto, agora, com minha irmã se juntando a nós, os dias ficam mais leves e divertidos.

A meditação do mês tem como tema Ganesha, e entoamos o seu mantra de manhã e à noite. Uma leitura sobre o Dalai Lama enche meu coração. O livro é *Uma Força Para o Bem: a Visão do Dalai Lama Para o Nosso Mundo*. Me identifico com suas palavras e pensamentos compartilhados: "Tentar transformar as mais adversas circunstâncias em oportunidades" (provérbio tibetano).

"...A vida de refugiado expandiu meus horizontes. Se tivesse permanecido no Tibet, é bem provável que ficasse ilhado do mundo exterior, afastado de desafios e de distintos pontos de vista".

"...Tive a sorte de viajar para vários países, conhecer pessoas diferentes, aprender com suas experiências e compartilhar as minhas. Isso combina com meu temperamento avesso às formalidades, que só servem para distanciar pessoas".

"As mudanças verdadeiras se darão quando os indivíduos se transformarem".

E aquele trailer, do filme de minha vivência de muitos anos viajando, por aqui e fora, passou em minha cabeça, inundou meus olhos, aqueceu meu coração.

COmO sOu abençOada, grata, feliz!

Que todos os seres possam viver felizes e abençoados.

Gratidão por ter um lar, filhos saudáveis e trilhando seus caminhos com fé.

Ter alimento, para o corpo e o espírito. Que esse momento que o mundo atravessa, nos faça mais sensíveis e solidários.

Amor, gentileza, doação sem fronteiras.

Out/2018 - Tailândia, Phuket
Wat Chalong Temple

JUSSARA CORRÊA | 233

Aventuras no Norte

07/08/2020 – Um email informa que o hotel, em que tinha uma nova reserva para outubro, ficará fechado até o final de dezembro, devido à Covid-19. Sonho adiado, mas nunca desistido. O exercício da fé, entrega, confiança, aceitação. E a gratidão por tudo estar bem, no momento certo.

Paz para você

Paz para mim

Paz para o mundo

Namastê

Meu amigo da China, está de volta a São Paulo. Trabalhando e amando. Muita alegria nas notícias e na voz desse brasileiro que, após um ano de residência em Keqiao, aprendeu bem o idioma.

E me ensinava, enquanto andávamos pela cidade, após os jantares que, por vezes. compartilhamos no restaurante vegetariano.

Ensinamentos que foram oportunos para minha viagem ao norte do país, com minha querida amiga, protetora fiel e competente, a assistente chinesa Anna. Em fevereiro de 2017, fomos de Shaoxing a Jin'an de trem-bala, em cinco horas.

Meu coração não cabia de alegria e curiosidade pelo caminho. O hotel, escolhido a dedo pela minha fiel escudeira, era um charmoso sobrado com poucos quartos, decorado com móveis em estilo antigo. Tudo de que precisávamos, principalmente após a longa viagem e o frio do inverno da região norte. Surpresa com um presente em nossas camas: um *shishi*. A palavra significa "leão", como parece mesmo o animal, mas possui poderes mágicos e a capacidade de repelir espíritos do mal, um protetor. Estão por toda a parte no país, da entrada de lojas e edifícios comerciais a templos budistas.

No dia seguinte cedo fomos a pé até o templo do Grande Buda Dourado, a cinco minutos do hotel.

Uma área arborizada, com grupos praticando *tai chi*, e a enorme estátua do Buda com um muro atrás desenhado, retratando episódios de sua vida. Um belo pano de fundo à imagem imponente e reluzente.

De volta ao hotel, após o rápido e inebriante passeio introspectivo, pegamos as malas e fomos para a rodoviária.

Próximo destino, Dongying. Três horas de viagem e o frio aumentando. Nosso fornecedor, após a visita à fábrica, nos levou ao hotel. No caminho ele fez questão de dar uma parada no shopping próximo para comprarmos biquínis. O quê? Quando saímos estava nevando. Biquínis pra quê? Quando chegamos ao hotel, havia piscinas com águas termais. Hã? Não creio, pensei!

O espaço ficava a uns cinquenta metros do lobby, em outro local, do lado de fora.

Deixamos nossas pegadas na neve já fofa, nos aventurando até o outro prédio. Lá, diversas piscinas menores circundavam a principal, cada uma com um tipo diferente de água com propriedades medicinais, com temperaturas que variavam de 28°C a mais de 40°C. A piscina maior possuía inúmeras duchas, tudo num incrível cenário que remetia às termas romanas dos livros de história. Ficamos horas ali, pulando de uma para outra, nadando e relaxando, antes de pegar a neve mais intensa que caía na volta ao quarto.

Na manhã seguinte, o sol brilhava nos cristais de gelo que pousavam nos galhos dos pinheiros ao redor. O céu azul e a camada espessa da neve acumulada eram uma moldura ao verde escuro das árvores que conseguiam mostrar suas folhagens. Paisagem linda.

E lá fomos nós, para a rodoviária novamente, embarcar para Binzhou, a duas horas de distância, visitar uma estamparia. Terminada a visita, mais quatro horas de estrada para Dezhou, num ônibus com assentos de fibra de vidro, cobertos por uma capa de tecido grosso, que em nada reduzia o impacto dos trancos em buracos do percurso.

De Dezhou para Zouping, tivemos a grata surpresa de uma carona do fornecedor em carro confortável, desfrutando da paisagem e *snacks*, em duas horas de viagem. Visita a showroom e jantar, estamparia no dia seguinte e depois de cinquenta minutos, estávamos em Zibo, na estação de trem rumo a Weifang, trinta e cinco minutos distante.

Weifang é a cidade das pipas, em profusão de tamanhos, desenhos e cores, expostas em qualquer frutaria, mercadinho ou comércio local. É onde anualmente acontece o festival internacional de pipas, com participantes vindos de todos os cantos do mundo, desde 1984. Os postes de uma avenida principal possuem luminárias com desenhos que imitam os formatos das famosas pipas. Cidade tranquila, fora da época do festival, com um templo perto de hotel, que chamou atenção pelo show de luzes e cores na noite de céu limpo em azul marinho.

Pé na estrada, uma hora e meia de carro para Qingdao, nossa última escala no caminho de volta pra casa. Nosso hotel ficava na marina, a cidade foi sede das Olimpíadas de vela, em 2008. Jantamos e fomos caminhar no deck, estarrecidas com os inúmeros iates de proporções grandiosas ancorados. Bares, restaurantes, pessoas locais se exercitando ou reunidas em conversa, deixam a calçada, entre os barcos e os jardins, mais animada!

Tivemos tempo no dia seguinte para visitar o Museu de Qingdao.

Na lojinha do museu uma gravura em papel arroz de uma chinesa robusta e risonha circunscrita em um círculo chamou minha atenção. Os traços fortes em vermelho, preto e turquesa compõem a lembrança que trouxe desta viagem cheia de aventuras.

Paisagens lindas, pratos deliciosos (com direito à famosa cerveja da cidade acompanhando os sempre bem-vindos *dumplings*), pessoas gentis, brisa do mar, caminhada na areia, desfrutando da arquitetura moderna das casas de amplos jardins e plantas exóticas.

Religiosidade dos templos e de como o tempo é vivido nessa parte do país: com calma, apreciação, hospitalidade.

Meus sentidos foram aguçados, meu coração foi agraciado.

Gratidão.

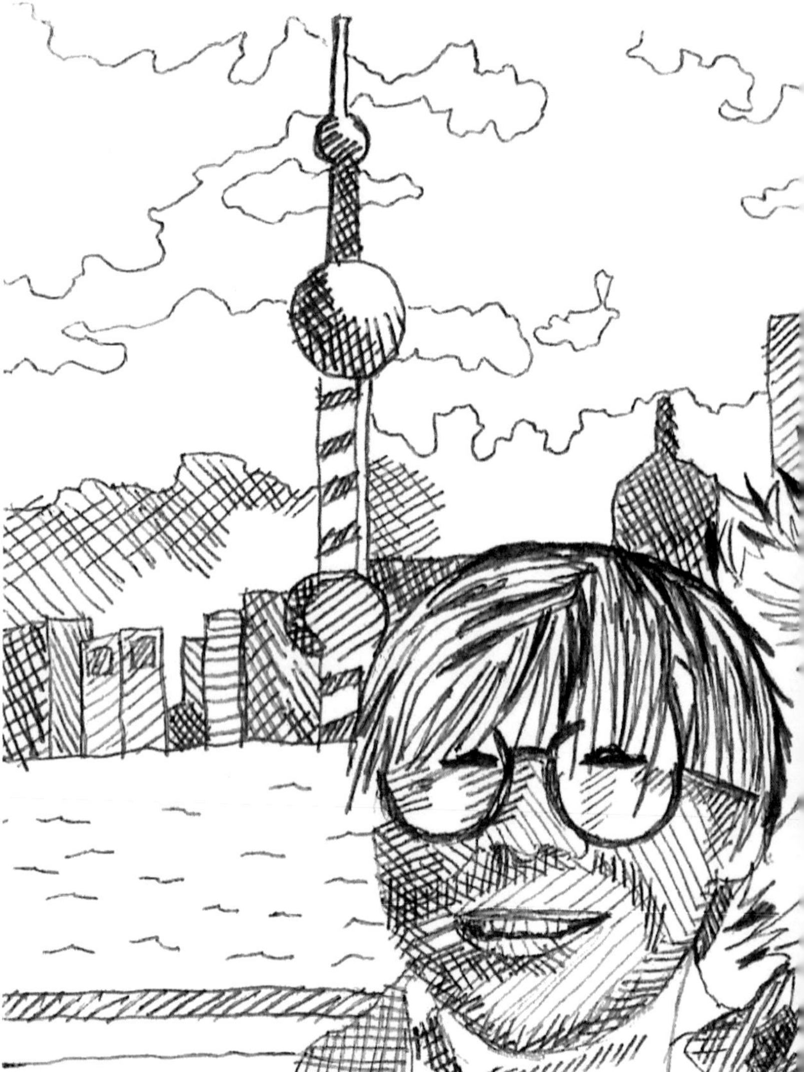

Nov/2018 - China, Shanghai
The Bund com Anna, e ao fundo a vista de Pudong

JUSSARA CORRÊA

Meditação

Meditação matutina.

Bem cedo.

Pela manhã, a mente está descansada e mais propícia à prática. Comecei a fazer nesse horário há alguns dias e sinto a diferença.

Durante esse momento hoje, senti meus braços fluidos, como se não houvesse matéria, etéreos, flutuando, mergulhada em um sentimento de paz e harmonia.

Minha mãe, deitada ao lado, ainda dormia tranquila e só o canto de poucos pássaros quebrava o silêncio.

Entrego

Confio

Aceito

Agradeço

Out/2018 - Tailândia, Phuket
The Big Buddha: meditação com monge Rose, meu mestre e amigo

A volta pra casa

02/09/2020 – Após pouco mais de sete meses longe de casa, retorno com o coração cheio de alegria e ansiedade. O maior tempo, que estive fora em viagens, foi de três meses, a trabalho na China.

Nosso canto é um oásis insubstituível. É construído com nossas vivências, desafios, vitórias, risos e lágrimas. O lugar para onde sempre voltamos em busca do porto seguro. E sinto que preciso dele agora. Estar no ninho, vivendo as incertezas do momento, compartilhadas com os filhotes adultos, antes que alcem voo e construam seus próprios ninhos.

E existem coisas que são ditas somente face a face. Não há vídeo chamada que nos faça sentir próximos o bastante para abrir o coração. Mesmo em tempos de distanciamento, o estar perto "a uma distância segura" ainda é um bom empurrão para a conversa deslizar e os sentimentos aflorarem. Fico sabendo de ótimas novidades: novo amor, novo trabalho, a vida que flui numa gratidão sem tamanho.

Felicidade por estar aqui.

Deito e não consigo dormir, meu coração está acelerado, transbordando.

Penso nos ensinamentos do yoga, no relaxamento, na meditação, tudo o que tenho visto, lido e praticado, e vou aquietando corpo e mente.

AmO minha vida, com tudo o que nela surpreende.

Meu anjo da guarda chama para o sono, hora de desligar e conectar com outro mundo. De sonhos e encontros em outra dimensão.

Adormecendo penso nas viagens, em especial a Paris, nas caminhadas às margens do Sena, nas conversas regadas a chás e vinhos em Montparnasse, passeios e exposições, amanhecer e fim de tarde nos jardins floridos da primavera, ou nus em pleno inverno, neve.

Acordo com a música suave de um violão e o cantar dos pássaros que anunciam um belo dia.

Surpresa e alegria ao ver a mensagem no celular de meu amigo querido de Paris!

Como não acreditar em conexão?

Como não crer que estamos interligados, mesmo longe, fisicamente?

Como duvidar de que as pessoas certas cruzam nosso caminho em situações nunca imaginadas?

Creio nessa Força Maior, pois a sinto sempre em mim, em minha vida, operando pequenos e grandes milagres.

Levanto para mais um dia, de aprendizados e bênçãos, agradecendo.

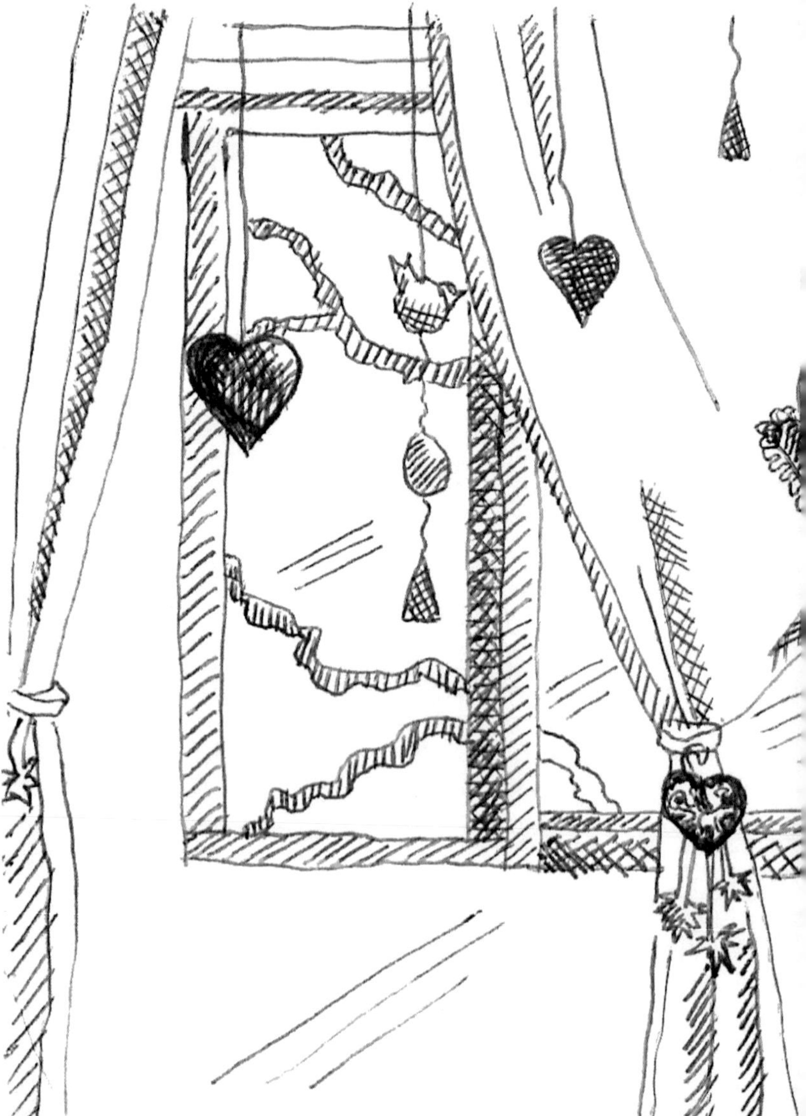

Out/2020 - Meu refúgio, gratidão!
Luz da manhã, amor incondicional

Questionamentos do ser

15/09/2020 – Leio nas redes sociais uma pergunta instigante: "Quanto você tem orgulho do que você se tornou?". Muitos caminhos trilhados e histórias na bagagem, minha vida de viandante começou cedo, na infância.

As oportunidades, que floresceram no decorrer da estrada, foram inúmeras e proporcionaram experiências únicas. Cada um tem em si uma fonte de sabedoria própria de suas andanças. E esse caminhar não é alcançado pelos pés, mas pelo Ser interior em que vamos nos tornando.

Erros, quedas, desânimo e perda de rumo são argamassa de uma construção que se eleva e solidifica com acertos, recomeços, motivações, objetivos e crenças.

Os ideais que buscamos nem sempre são **ideais** e mudamos a rota, descobrindo trilhas, onde nos encontramos. E aprendemos a nos amar. Algo que parece simples e óbvio, que por vezes esquecemos e desaprendemos, influenciados pelo meio em que vivemos. Para alguns, isso acontece, enquanto outros só conhecem a estrada do sucesso, de amor próprio pulsante e generoso.

O orgulho pelo que venho me tornando é acompanhado da gratidão pelos que cruzam meu caminho. Que me orientam, cuidam, ensinam, relevam, perdoam, amam, mostram em simplicidade o que mais importa no meu aprendizado.

O tempo voou, e eu nele!

Sentada desenhando meus sonhos na adolescência, não imaginava realizar tantos outros até aqui. E ainda os que virão.

No mapa imaginário do meu viver, pontos luminosos destacam meus pousos e decolagens, lugares onde partes de mim estão. E juntos se encaixam aqui, no que sou agora.

EntregO. ConfiO. AceitO. AgradeçO.

SO HAM

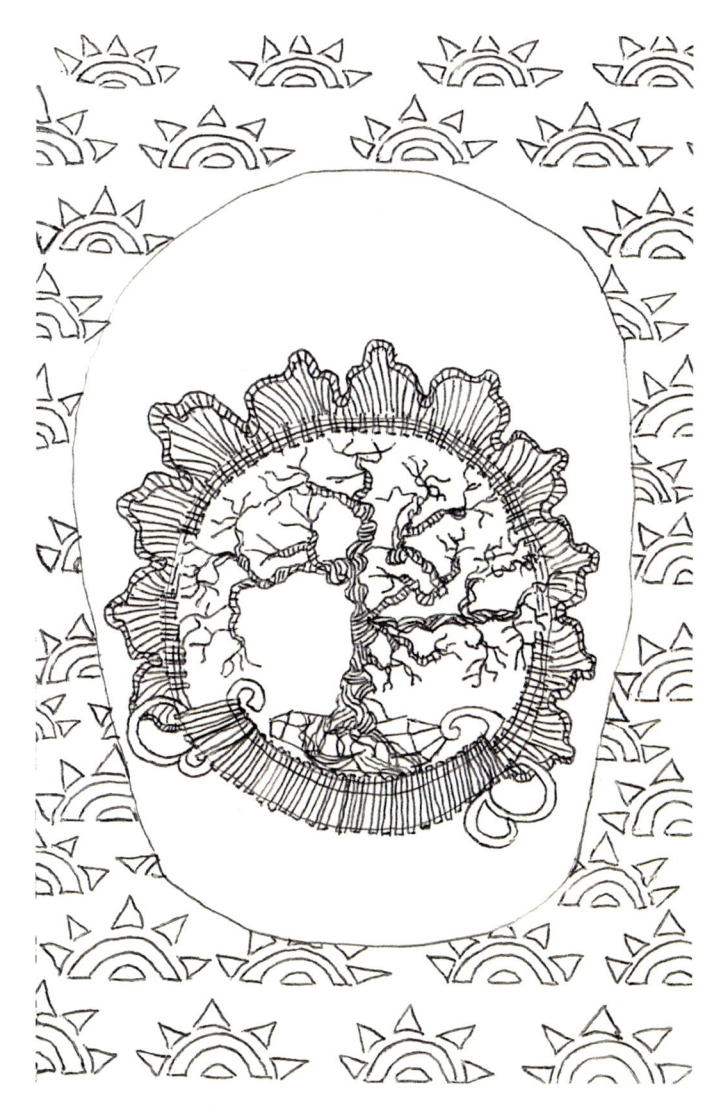

Amor pela arte - Brasil, São Paulo. Obra de artesão de MG: a árvore da vida, flor de lótus, cristal. Resiliência, renascer

A vida (re)começa aos 60

18/09/2020 – Completo mais uma volta ao redor do sol! Gratidão por mais 365 dias que tive para apreciar a vida. Aprendendo com as situações mais diversas possíveis, celebrando com momentos inesquecíveis a benção de ter oportunidades únicas.

Algumas vezes temos que adiar projetos, mas nunca desistirmos deles se são parte de nossos sonhos!

Folheio um caderno com anotações de viagens, cheio de detalhes, que me fazem reviver alegres passagens. Como a primeira viagem à Tailândia, para o casamento de meu amigo indiano Varun.

A chegada a Chiang Rai, local da cerimônia, foi com música típica, no aeroporto. Um grupo de músicos sorridentes, com seus curiosos instrumentos, entoava músicas tradicionais e alegres defronte a um painel florido e carregado de cores da paisagem local.

O almoço foi na casa da noiva, com inúmeros pratos, cardápio variado e delicioso da culinária indiana. Família e amigos reunidos, todos muito gentis me receberam como uma velha amiga, como parte da família.

Em nenhum momento faltou a amizade e generosidade, o que me fez apaixonar mais ainda pela cultura e respeito às tradições, desse povo e país exótico e tão religioso, que é a Índia. Música, dança, risos, aromas, sabores, brindes, harmonia. Saí dali com um amigo da família, rumo ao *White Temple*, lugar que eu já havia esmiuçado cada canto, pesquisando fotos na internet.

A chuva veio, mas só tornou mais especial esse momento pelo qual eu tanto sonhara.

Jasmins cobriam as calçadas, que se estendiam até as várias entradas para muitos templos menores e para a árvore que abrigava a estátua de Buda, em meio a um jardim deslumbrante. Ali, onde colocávamos flores e pendurávamos orações escritas numa folha arredondada de metal, com o desenho de uma chofa, fiquei a observar. Algo que me fascina na arquitetura dos templos tailandeses são os pássaros dos telhados, com sininhos que tilintam ao sabor do vento. São chamados chofas e dizem que são meio pássaro meio homem, altos, magros, veículos do D'us hindu Vishnu.

No dia seguinte, pela manhã, fui conhecer a *Black House*, de *tuk tuk*! Sem uma definição certa do que ela era, minha curiosidade sempre fala mais alto e não me arrependi de escutá-la. Um misto de templo e galeria de arte, esse complexo de construções lindamente integradas à natureza, é um lugar incrível. Templo, porque encontramos imagens de Buda e *thephanoms* por todos os lados, esculpidas em grandes painéis de madeira ou em esculturas, dentro e fora dos altares. Galeria, porque um galpão enorme exibe obras de vários artistas, sob um pé direito altíssimo que proporciona uma acústica perfeita ao grupo de músicas folclóricas, em trajes regionais.

Caminha-se ao ar livre, vislumbrando os ricos entalhes nas madeiras de portas e janelas, nos artesanatos geniais, elaborados com matéria prima rústica e cores terrosas. Tudo em perfeita comunhão.

De volta ao hotel, alguns minutos e já estou pronta para o coquetel e festividades do primeiro dia do casamento: festa com muita música, puxada pelos tambores de dois percussionistas, que desde o hotel já trazem o clima da grande celebração, que está por vir!

Tudo lindo, como em um conto das 1.001 noites. As festividades lembram muito nosso carnaval, com o batuque da música, as brincadeiras e animação de todos, que usam adereços na cabeça e nas mãos.

Consegui, para a festa do dia seguinte, que Nidhi, uma indiana linda com olhos amendoados e muito simpática, fizesse uma tatuagem de hena em minha mão. O desenho filetado, delicadamente pintado na palma e dedos, ficou estampado durante uns vinte dias, como uma lembrança real de dias mágicos.

Antes de partir para Chiang Mai ainda tive a oportunidade de visitar o *Blue Temple*, com o divertido Greesh, outro indiano amigo da família. Ele se tornou meu amigo, e pude revê-lo no ano seguinte em Londres, com sua irmã Neelan, antes de meu embarque pra China.

Muitas histórias, sigo relendo, quanta gratidão por tantos momentos maravilhosos!

Filhos que hoje vejo adultos, com orgulho de mãe agraciada. Quantos projetos que pude colocar em prática, amigos que conquistei.

Minha cabeça pousa no travesseiro, olho meu quarto, fotos, lembranças, pinturas, presentes, uma vibração no ar, uma paz e gratidão no coração.

Tudo que me vem à mente é gratidão.

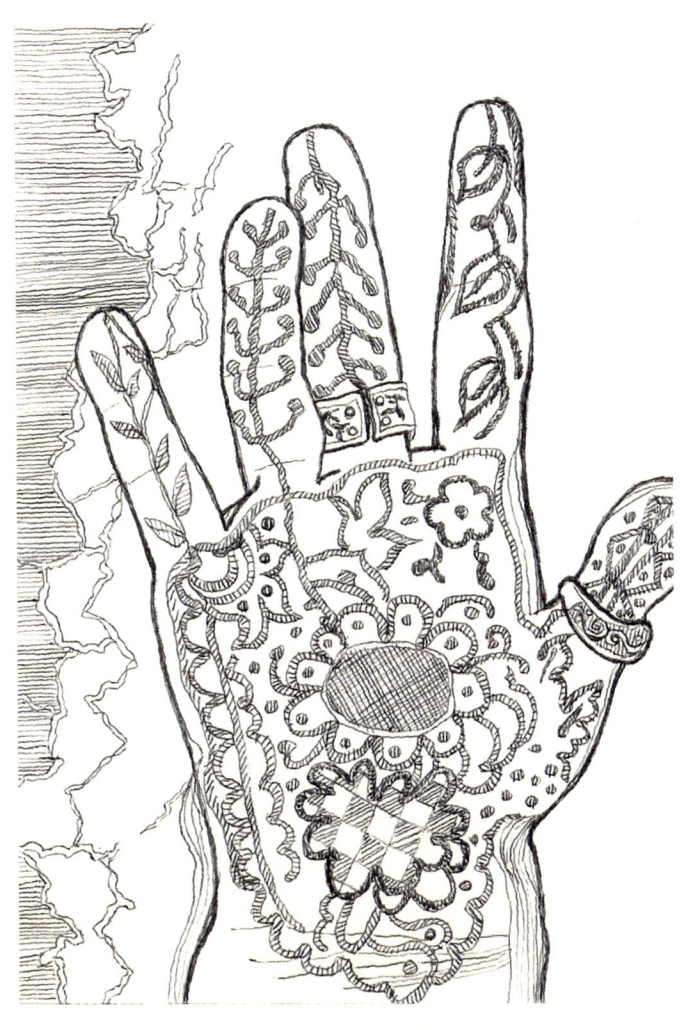

Out/2017 - Tailândia, Chiang Rai
Casamento indiano: dois dias de tradições, sonhos, magia

JUSSARA CORRÊA | 259

No final tudo dá certo

01/10/2020 – Recebo uma mensagem de Sakshi, uma exótica indiana que conheci no casamento em Chiang Rai e que se tornou amiga desde então. Tem dois filhos pequenos e passeia pelos arredores de sua casa, que está a uma hora de Delhi, enquanto falamos ao telefone. Preparo o almoço e nos pratos do dia, com certeza, coloquei a massala.

Amo os sabores da Índia, também. Que agora estão mais presentes na rotina com a prescrição que recebi no tratamento ayurvédico, para a artrose no joelho, que insiste em tentar cortar minhas asinhas dos pés.

É, meu ritmo de andarilha ajudou a desgastar as articulações e fui em busca novamente da medicina natural, que havia me curado há alguns anos do problema de ATM.

Mudança de hábitos, alimentação, exercícios específicos diários, uma rotina que começo a seguir à risca para desacelerar e reverter. Essa rotina diária, chamada *dinacharya*, deve levar em consideração as necessidades essenciais como dormir, alimentar-se, exercitar-se, trabalhar, desfrutar e meditar. Vou aprendendo que a harmonia dos fatores é decisiva para uma boa saúde. E que em algum capítulo da vida avancei o sinal, fui além dos limites do meu corpo e agora preciso agir e cuidar.

Sakshi gentilmente oferece ajuda, pois tem amigos que são da área da saúde e me convida a ir à Índia. Na próxima semana completam-se três anos que nos conhecemos e não perdemos mais o contato. A viagem que faria no ano passado possibilitaria nosso reencontro, mas foi adiada e agora sem data prevista para acontecer.

Sigo envolta pela espiral dos costumes do oriente, chás, oleação do corpo, meditação, yoga, especiarias, mantras, músicas entoadas ao som da cítara e da tabla, o tambor que abriu as comemorações nos dois dias de celebrações daquele casamento de sonho e tradições. Tudo muito alegre, familiar, positivo, que renova a fé de que tudo vai dar certo. É como diz o pensamento popular indiano:

"No final tudo dá certo!

Se não deu certo, é porque não chegou ao final"

Namastê

Ganesha, um dos deuses do hinduísmo
Destruidor de obstáculos, remove os entraves

Encontros particulares...

05/10/2020 – Hoje me encontrei com K. Reeves! O artista predileto na minha sala, atuando em um filme questionador. Numa das cenas uma surpresa, a visita dele com seus pacientes à uma exposição com a instalação *Rain Room*. Divertida, essa obra de arte experimental de 2012, foi feita por Hannes Koch e Florian Ortkrass pela *Random International*, um estúdio colaborativo com sede em Londres, para prática experimental e digital, dentro da arte contemporânea.

Tive o privilégio de visitá-la em Shanghai, no Yuz Museum. Museu construído onde, originalmente, era o hangar do aeroporto Longhua, o projeto do arquiteto japonês Sou Fujimoto é de tirar o folego. Um bloco de vidro com enorme pé direito permite que no restaurante o visitante saboreie a vista, árvores, céu azul, e bem longe os modernos e famosos edifícios do outro lado do rio Huangpu, na área de Pudong.

A *Rain Room* é um ambiente em larga escala, onde 'chove' incessantemente, e só para de derramar água onde quer que uma pessoa esteja ou por onde vá caminhando.

Caminha-se lentamente em direção a um foco de luz gigante, o único ponto iluminado em meio à escuridão, sem se molhar.

Uma experiência deliciosa e mágica, que instiga e brinca com os amantes da arte contemporânea, através de práticas experimentais.

Saudades das exposições.

Nessa semana reabrem alguns espaços de arte na cidade: estamos entrando na zona verde do plano de reabertura da economia durante a pandemia do novo coronavírus.

Algumas das últimas que visitei foram de Tarsila do Amaral, no MASP e Leonardo da Vinci, no MIS, especiais.

São Paulo, normalmente, ferve em eventos de arte! E sempre que posso, me jogo nesse caldeirão de inspirações...

No museu instalado no meio do lindo oásis, que é o Parque do Ibirapuera, a Oca, mergulhei nas obras de Ai Weiwei; no Centro Cultural Banco do Brasil, o encontro com os jogos visuais de Escher; na Pinacoteca, situada no que é um pulmão verde no centro da cidade, o Jardim da Luz, a exposição de Matisse nos brindava, na entrada, com um espelho d'água e peças flutuantes redondas de cerâmica, que ao se tocarem emitiam sons celestiais.

Nesse mesmo Jardim da Luz, em uma aventura noturna com minha mãe, na época com quase 82 anos, nos surpreendemos com as instalações de fogo do grupo francês Cie Carabosse.

O impacto visual, a atmosfera misteriosa do parque iluminado somente pelo fogo que compunha diversas obras, uma caminhada à luz da magia, da arte, dos sonhos refletidos nas águas dos pequenos lagos, serenos coadjuvantes.

Casamento perfeito, Natureza e arte em comunhão!

GratidãO pOr mOmentOs cOmO esse, emocionantes!

Pavilhão Lucas Nogueira Garcez (OCA) e
Pinacoteca do Estado de SP. Arte + Natureza.

JUSSARA CORRÊA

Resiliência

12/10/2020 – A claridade se esgueira pelas frestas da veneziana anunciando um dia de sol.

Amo abrir a janela e contemplar os pássaros, árvores, grama verde que contrasta com o areia e o terra da construção do edifício. Outro dia um beija-flor se alimentava dentro das flores amarelas do ipê, hoje encontro um ninho de sabiá, num galho da pata de vaca, próximo a minha janela! Suspeito que tenha filhotes, pois o (ou os) adulto no vai-e-vem, talvez traga comida para alimentar os pequenos.

Me apronto e vou pra rua, pegar um pouco desse sol que não aparecia há alguns dias.

Levo Nicki comigo, e caminhamos decididas a sentar no parque e sonhar sob as palmeiras, seringueiras, fícus e outras sombras prazerosas.

Meus joelhos se comportam muito bem, aceitando o ritmo puxado de nossos passos rápidos, ávidos por chegar ao destino.

GratidãO

Coisas simples que nosso corpo faz, mas que damos a devida importância quando somos privados delas.

A persistência é algo que ensina muito, só entende quem tem. Persistência e resiliência; como responder ao que a vida nos apresenta? Muito se lê sobre isso, e fico maravilhada com histórias reais de vitórias da saúde (da mente) sobre a doença.

São exemplos de fé e determinação, de vontade, paciência e disciplina. Minha amiga MÔ, é um belo exemplo.

Coisas a aprender sempre, e compartilhar com quem não enxerga as inúmeras possibilidades que a vida nos dá! Para crer e viver!

Ser feliz nas adversidades, com fé.

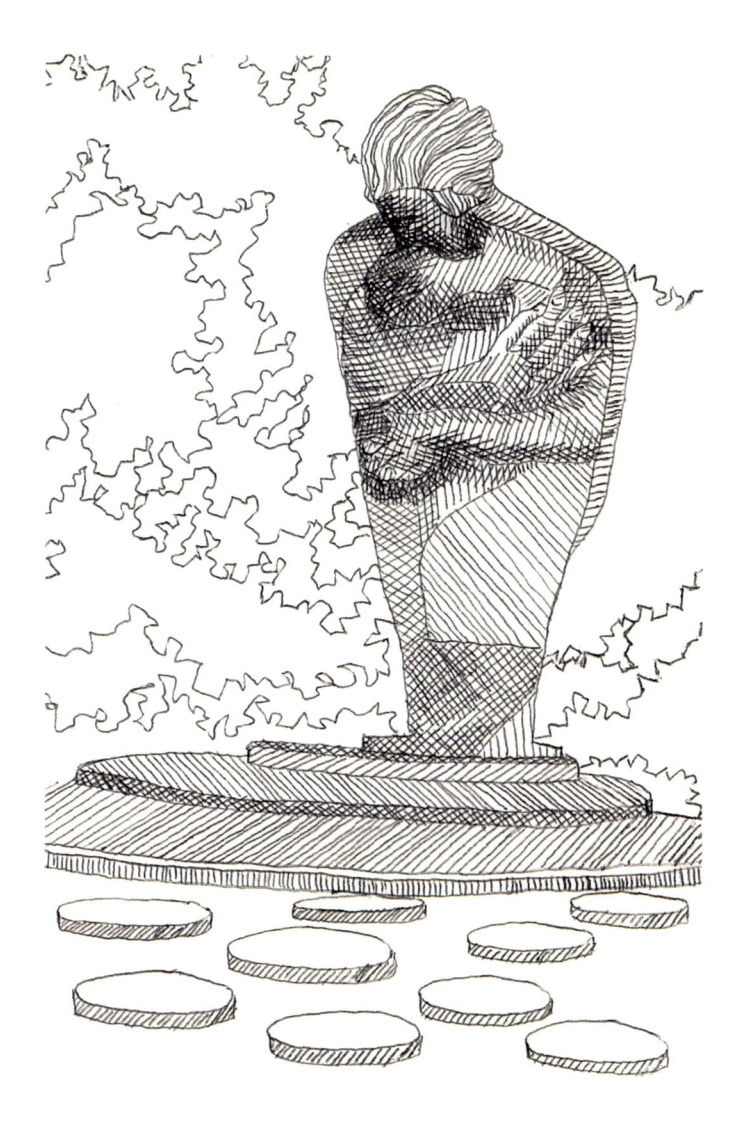

Fev/2021 - Brasil, São Paulo. Parque Buenos Aires, escultura "Mãe", de Caetano Fraccaroli. Oásis no centro da cidade

Escolhas, perdas e ganhos

12/10/2020 – Meu amigo monge Rose, envia um áudio no qual entoa mantras com outros monges. A legenda diz que estão em paz, e isso realmente está refletido em sua voz, que reconheço se destacando entre as demais.

Pede que eu o avise quando for novamente a Phuket, pois se organizará para que possamos nos encontrar. Como sou grata a ele. Nos poucos minutos em que estivemos juntos nos dois anos que o visitei, mas, principalmente, nas mensagens que trocamos há mais de três anos.

É divertido, mas chama atenção com seriedade sobre o que tem que ser observado, apreendido, interiorizado. Depois de três anos, esse é o primeiro ano que não irei à Tailândia. E à China, Paris...

Os laços de amizade não se desfazem, não passa uma semana em que eu não receba notícias de pessoas queridas que conheci pelo caminho.

A vida vai mudando, renovando e temos que nos abrir de novo. Ser maleável é um dos segredos para não adquirir dores articulares.

Sim, minha querida Louise Hay já alertava para isso em meu livro de cabeceira desde 1991. Problemas nas articulações têm, como causa provável, a dificuldade em aceitar mudanças na direção da vida. Junte-se a isso a crítica, o ressentimento, a culpa, ingredientes para o desenvolvimento de artrites. E como caminho para a cura, um novo padrão de pensamento, só depende de cada um.

Escolher ser feliz e não se vitimizar. Aprender a linda lição de se amar e ser a mudança que queremos ver no mundo.

Acreditar.

Certa vez, me desafiei a subir a montanha onde fica Xian Lu Feng, em Shaoxing, escalada de quase uma hora em uma escadaria de tirar o fôlego (um amigo comentou que subia em vinte minutos).

Coloquei esse objetivo, essa meta e, durante todo o percurso, conversava comigo reafirmando que chegaria lá, não importava quanto tempo durasse. E assim foi. Sentindo a brisa no topo da montanha, em frente à entrada do templo, era pura gratidão.

Em Barcelona, onde teria três horas livres até o embarque, me aventurei no Parque Guell, que há muito tempo queria conhecer! Em meio a uma vegetação rica, caminhando, fitando o mar ao longe, com reflexos dourados do sol da manhã, agradeci.

No alto da torre em Guangzhou, na beira do mar em Phuket, nas ruínas de Ayuttaya, nos jardins de Giverny, nos cômodos de La Pedrera, e em tantos outros lugares, como aqui e agora, olhando as árvores do jardim e as paredes de casa com as lembranças vivas, sou diariamente grata.

Os sonhos continuam a rondar minha cabeça, dançam por trás de meus olhos, acenam e se fazem presentes nos meus projetos.

Sem pressa, aguardam em paz o momento de vir à tona, de virar realidade, cruzar fronteiras. São fortes aliados na missão de ir em frente, além das fotos nos livros sinalizadas para futuras incursões.

Está no meu DNA! A veia que pulsa, circulando pelo corpo o combustível para movimentar e realizar.

Alma andarilha, curiosa.

Confiar.

Sem questionar como e porquê. Entregar sem duvidar.

Aceitar e viver o que temos no momento, com olhar gentil e amoroso.

Com presença, por inteiro.

Agradecer pelo que vivemos ontem, hoje e pelo que está sendo preparado para amanhã.

Que virá cheio de bênçãos.

Acredito!

So Ham.

Nov/2016 - China, Guangzhou
Canton Tower

Embarque

Abr/2021 – Por ocasião do fechamento deste livro, a pandemia da Covid-19 seguia pelo mundo, totalmente descontrolada no Brasil, com mais de 530 mil mortes!

Meu filho mais novo contraiu o vírus. Uma colega de trabalho havia testado positivo, no mesmo dia que ele apresentou os primeiros sintomas. Ele teve febre alta na primeira noite, mas conseguimos mantê-lo em casa com todos os cuidados e orientações do médico infectologista.

Muita fé, oração e Reiki de pessoas queridas o fortaleceram e, no 10º dia seu estado geral era bem melhor.

Em mim, a certeza de que temos muita proteção de D'us e do universo, que mais uma vez a Força Divina cuida de nós,

Pequenos milagres inesquecíveis da vida.

Gratidão.

Continuo com os desenhos, completando o material para a impressão e montagem do boneco, livro piloto para avaliação da editora. Sou grata ao querido Alberico, escritor e amigo, que em longas conversas me incentivou a seguir em frente com o projeto, mais um sonho.

Seleciono as últimas fotos de viagens que interpreto com meus traços, e viajo com as imagens.

As visitas ao museu V&A, de Londres, que no hall de entrada já nos surpreende com seu enorme, criativo e deslumbrante lustre, e ao Museu de História Natural bem ao lado, com a ossada de dinossauro que impressiona e instiga para o que iremos apreciar na incursão pelas galerias deste imponente edifício.

Mas isso já são outras histórias, outras lembranças de minhas andanças, que com certeza dariam um livro... outro! Quem sabe...

Entrego

Confio

Aceito

Agradeço

Abr/2021 - Brasil, São Paulo
Hibiscos na caminhada matinal. A Natureza é a representação de D'us

NA MOCHILA DA ZHU

Viajante, andarilha, viandante...
Asas nos pés e na mente